ノモンハンは
忘れられていなかった

六十七年後の今

小山矩子
Noriko Koyama

文芸社

ノモンハンは忘れられていなかった

六十七年後の今

●目次

写真提供：島田嘉明

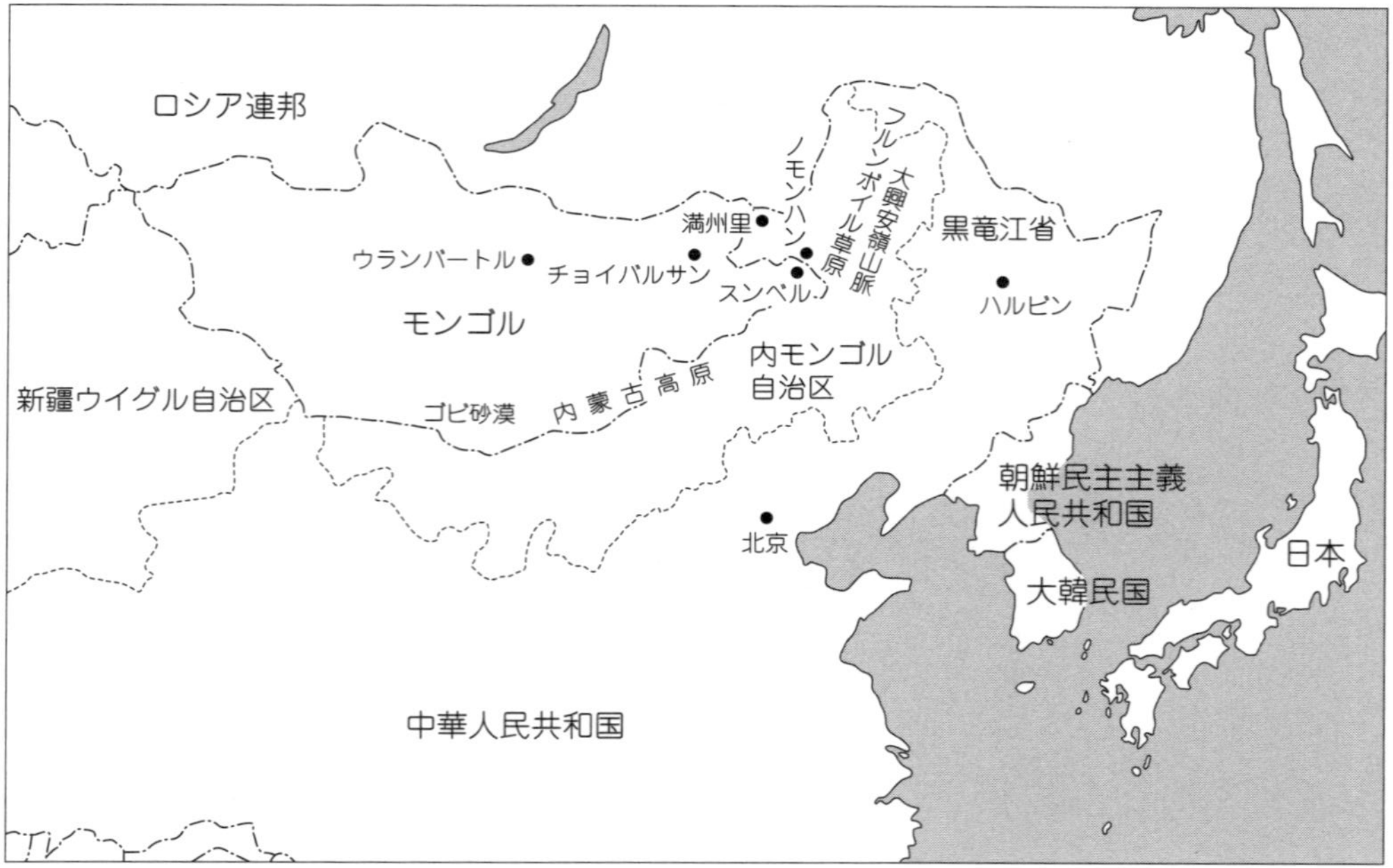
ロシア連邦
ウランバートル
チョイバルサン
満州里
ノモンハン
スンベル
フルンボイル草原
大興安嶺山脈
黒竜江省
ハルビン
モンゴル
内モンゴル
自治区
新疆ウイグル自治区
ゴビ砂漠
内蒙古高原
北京
朝鮮民主主義
人民共和国
大韓民国
日本
中華人民共和国

第1章

ある手紙

二〇〇六（平成十八）年六月、『ノモンハンの七月――あれから六十六年』という題名の本を刊行した。この本は、ノモンハンが地名であり、その地は地球上のどこにあるのかも知らなかった老女が、喜寿の間近いことも忘れて、そのノモンハンの地に飛び立った旅行記である。

老女に行動を起こさせたものは何だったのか。それは六十六年前、九州に匹敵する広さとも言われる広大な草原のこの地で、「ノモンハン事件」と言われた戦争があり、想像を絶する悲惨な戦争で、広大な戦場に兵士は未だに眠っているという事実であった。

「忘れ去られている戦場」

「忘れ去られている亡き兵士たち」

〈そんなことがあっていいのだろうか……〉〈かつての戦場を自分の目で確かめせめて鎮魂の祈りをしたい……〉そんな思い上がった感情が、ノモンハン（中国内モンゴル自治区）への私の旅立ちとなったのである。

遊牧民の集落にすぎなかったこの地一帯では、沼や湖は点在しているが、塩分を含んだ塩湖で人や家畜の飲み水にならないため、真水のある場所をめぐって、遊牧民同士の小競り合いが頻発していた。ところが、小競り合いだけで済まされなかった。それは、この地が「国境」の問題をはらんでいたため、小競り合いはやがて国境紛争へと発展し、満州国軍・関東軍の連合軍対モンゴル・ソ連の連合軍との戦争となったのである。いわゆる「ノモンハン事件」である。これは、一九三九（昭和十四）年五月から九月（九月十六日停戦）にかけて、満州国とモンゴル人民共和国間の国境線をめぐって発生した軍事衝突であるが、実質的には両国の後ろ盾となった大日本帝国陸軍とソビエト連邦軍の主力との衝突であった。ちなみに、「第一次ノモンハン事件」は五月十一日～三十一日までを、「第二次ノモンハン事件」は七月一日～八月末までの軍事衝突とされている。

日本ではこの争いを「事件」と言っているが、約四ヵ月という短期間の争いにもかかわらず一個師団ほぼ壊滅と言われるほどの激しい戦《いくさ》であった。なおこの「ノモンハン事件」を、ソ連では「ハルハ河の事件、出来事」、モンゴル国では「ハルハ河戦争（ハルヒン・ゴール戦争）」と呼称している。

激戦となった「第二次ノモンハン事件」（一九三九〈昭和十四〉年七月一日～八月末日）で満州国軍第十軍管区司令部からモンゴル・ソ連軍侵入の連絡を受け戦闘の作戦および実行に当たったのは、同方面担当の第二十三師団（師団長小松原道太郎中将）であった。この時の総出動人員は一万五千九百七十五人であるが、この師団の七六パーセントが犠牲となっている。

詳しくは、第二十三師団の麾下《きか》（指揮下）の歩兵七十一連隊の場合、九四パーセントの損耗率。それは、歩兵七十一連隊の総出動人員四千五百五十一人中、戦死・戦傷病・行方不明の合計は四千二百五十四人であった。これは、一個連隊がわずか六十日あまりで四百五十人に激減したということになる。

同じく第二十三師団麾下の歩兵第七十二連隊七九パーセント。歩兵第六十四連隊六九パーセント。同じく麾下の工兵第二十三連隊八五パーセント。野砲兵第十三連隊七六パーセントの損耗率といわれる。

（『ノモンハン戦　人間の記録　壊滅編』〈御田重宝著、現代史出版会〉などから）

戦場では死傷者が出ると、連隊名はそのままで新しい兵士を補充しているから、戦場にあった兵士総人数はかなり多くなる。

ノモンハンでは第二十三師団のほかに、第六軍司令部第七師団、満州国軍第八団、満州国軍飛行第二十四部隊（戦闘機）、チチハル駐屯の飛行第十戦隊（偵察機・軽爆撃機）も参戦している。それらの損耗を加えるとかなりの数になる。

戦力をみると、モンゴル・ソ連軍は、日本軍に対して歩兵一・五倍、砲兵二倍、飛行機は約五倍であった。そのうえ、戦車装甲車は日本側にはなかった。だから、モンゴル・ソ連軍は、日本軍の平均三倍近くの兵力を整えて四方から包囲攻撃をしている。ノモンハン事件での日本の人的消耗は、一万八千人と言われる。

この数については資料によって違いはあるが、大変な犠牲であったことは確かである。

当時、近代兵器の粋を集めたソ連軍に対し、日本軍は武器弾薬はおろか、食糧もなく飲む水すらない情況の中で戦っている。敵弾の飛びかう中を、敵戦車に体当たりの肉弾戦を余儀なくされている。

最終的に私にノモンハン行きを決断させたのは、ハルハ河とホルステン河の存在であった。あれから六十六年も経っている。〈大草原のかつての戦場の様相は跡かたなく変わっているだろう、しかしこの二つの河だけは大丈夫見ることができる。河を目の前にして悲惨な戦場の光景を想像することができる〉と確信したのであった。しかし『ノモンハンの七月――あれから六十

ハルハ河

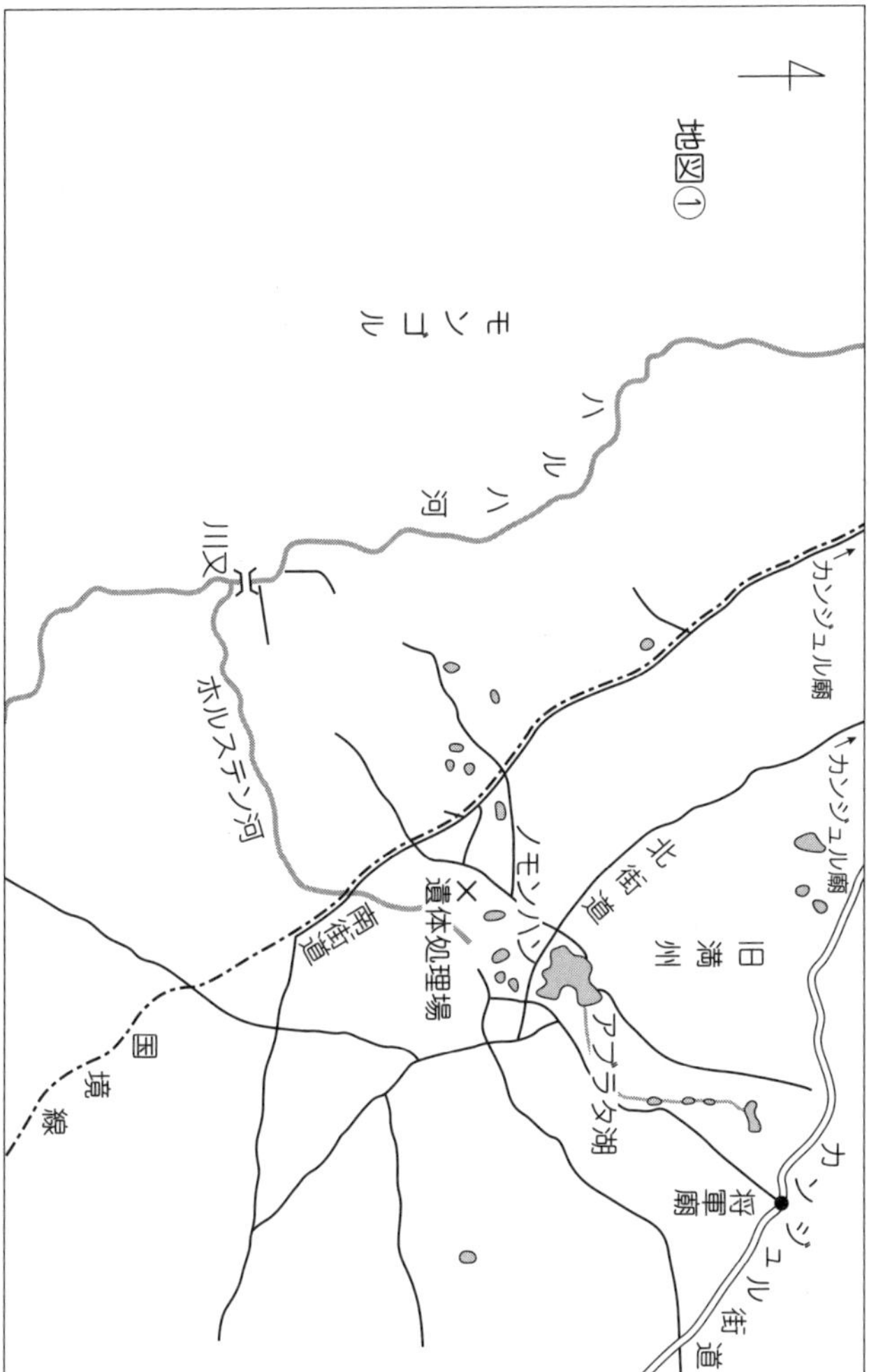
地図①
モンゴル
ハルハ河
川又
ホルステン河
カンジュル廟
カンジュル廟
北街道
旧満州
ノモンハン
遺体処理場
南街道
アブラタ湖
将軍廟
カンジュル街道
国境線

六年』で述べたように、二つの河はついに目にすることはできなかった。

無限に広がる青空の下、草原は果てしなく広がり、すべてを包み隠していた。人間の想像をまったく寄せ付けない、緑の広大な世界が広がっているのみであった。

戦死者を荼毘《だび》に付したと伝えられている広い凹地《くぼち》を目の前にして、〈そんなはずはない……〉と最後まで疑心暗鬼であった私であったが、最後は、〈あの一帯は確かに戦場であり、地獄が繰り広げられた場所であったのだろう〉と思うことで、自分自身を納得させた。

確証のもてないまま『ノモンハンの七月――あれから六十六年』を刊行したのであった。

それから数ヵ月経って、東京都豊島区在住の島田嘉明氏から手紙をいただいた。

島田氏は、現在「ノモンハン遺族の会」の代表をされており、拙著を読んでくださった方であった。島田氏の手紙によって、ノモンハン事件の激戦地についての私の認識は完全に覆させられてしまった。島田氏によると、「真の戦場は、ハルハ河の両岸と、ホルステン河とハルハ河の交差する川又《かわまた》（川の合流点）近辺である」と言う。

友人とノモンハンへ旅立つ前、ノモンハン事件に関する書籍や資料を丹念に調べた私は、激戦地はハルハ河沿岸よりもホルステン河の両岸であろうということは押さえていた。しかし私はノモンハンの地に立って、一つの河の方角すら押さえることができなかった。

激戦地には国交の問題もあって、内モンゴル自治区（中国）側からでは立ち入れないという。私達は内モンゴル側から激戦地を目指したわけで、二つの河が見えなかったのは当然のことである。島田氏によると「凹地《くぼち》は遺体処理場であり、このような凹地は草原に数多くある」とのことであった。「ホルステン河の近くまで行っているようですね」とのこと、一層残念さがつのった。

島田氏は一九九九（平成十一）年からモンゴル側から激戦地を訪れ、現在は日本政府派遣の「ノモンハン事件戦没者遺骨収集団」の一員として毎年現地に赴いておられる。手紙には、「今年（平成十八年）は七月二十八日から八月十二日まで収集に参加する」とあった。

目標となる建物はもちろんのこと、木一本ないあの広大な草原で、現在遺骨収集が行なわれている、しかも国の事業として。

〈戦死した若者たちの存在は忘れられていなかったのだ。草原は今も生きている！　人が訪れている！〉私は安堵の胸を撫で下ろした。

第2章

ノモンハンは忘れられていない

日本政府（厚生労働省　社会・援護局）派遣による遺骨収集は二〇〇四（平成十六）年から始められた。その時、十六体の遺骨が帰国。翌二〇〇五（平成十七）年は、八体。二〇〇六（平成十八）年の第三回目は、七体の遺骨が帰国した。帰国した遺骨のその後については後半に述べることとし、ここでは国が遺骨収集に取り組むに至るまでの、五十年という長い年月取り組んできた方々の動きを書き出してみたい。

ノモンハン事件は悲惨な戦争であった。悲惨でない戦争はありえないが、中でもノモンハン事件は「何のための戦争であったのか」曖昧模糊としており、日本の戦争史上の中で未だに真実が検証されないまま忘れ去られようとしている。

その時の多くの若者たちの死は教訓となって生かされる事なく、無反省のまま第二次世界大戦に突入し、敗戦に至っている。四ヵ月間の戦争は、他国の国力、特に軍事力の偉大さを知ると共に、日本国の国力の実態を認識し、精神力では抗しきれない戦《いくさ》の実態を目の前にしたはずである。ノモンハンであった事件は、日本国にとって、また日本人にとって忘れてはならない事件なのであった。

事件後五十年前後から、モンゴルやノモンハンに対して、国や関係者の動きがみられるようになった。その中に、「ノモンハン会」「ノモンハン事件現地慰霊の会」「ノモンハン事件遺族の会」や国や自治体による交流などがある。いずれの会も、「日本から遠く離れた大草原に眠る戦友を、夫を、父を」との、やり切れない思いから結集し、発足した会であった。

「ノモンハン会」

その一つに鈴木泰氏を会長とする「ノモンハン会」がある。この会は、従軍兵士・戦没者の遺族・両者の家族・陸士の先輩・後輩で作る会で、会長の鈴木泰氏はノモンハン戦に参戦し当時中尉であった。事務局長の鈴木康氏は、第二十三師団（師団長小松原道太郎中将）で情報を担っていた鈴木善康少佐の子息で、東京と北海道（旭川旧第七師団）が中心となっているが、会員は全国に及んでいる。

会は「ノモンハン事件戦没者の霊を慰めると共に英霊のご遺徳を広く顕彰し、併せて会員相互の親睦を図る」（会報）ことを目的として発足した。十七条からなる会則に則って運営された。

最大時会員二千四百名という最大の戦友会・家族の会であった。会の事業として、年二回の会報の発行を行なっている。そして、靖国神社で年一回の慰霊祭を行ない、いずれも多くの会員が参加している。

年二回発行の会報は、毎回三十二頁に及ぶ豊富な内容で、圧巻は各会員が所属部隊毎に戦場での経験や体験を投稿し、戦友や遺族にノモンハン事件を語っている。また会員手持ちの戦場の地図や写真が提供され、故人の戦場での在りし日の姿を目にすることもでき、会員同士の交流に大いに役立ったであろうことが察せられた。

会報は一九七七（昭和五十二）年三月に創刊され、二〇〇五（平成十七）年、五十七号まで刊行された。前身の機関誌が一九六八（昭和四十三）年に第一号発刊とあり、四十年近い歴史（機関誌は十二号まで）を持つ会員に親しまれた機関誌であり会報であったと察せられる。

その他、年一回の靖国神社慰霊祭には全国から会員が集まり、慰霊後神社会館にて親睦会を持っている。

機関誌の発行からみると、会の発足は一九六八（昭和四十三）年頃であろう。「ノモンハン事件」問題に、もっとも早く取り組んだノモンハン事件関係者によって組織された会である。

揺るぎない「ノモンハン会」であったが、会員の老齢化には抗しがたく、やがて会員の訃報を会報に多く見るようになった。役員の協議により、英霊の永代顕彰を願い、靖国神社に伝わる「永代神楽による祭祀」を神社に申し出た。

この祭祀は、遺族の参拝がない場合でも依頼された日に神社が必ず執り行なうもので、会ではノモンハン停戦記念日の九月十六日の奉納を神社に申し出た。第一回永代神楽祭は、二〇〇五（平成十七）年九月十六日に執り行なわれ、この日全国各地から百十三名の会員及び家族が参列している。この時点（平成十七年一月）で、会員はなお千百五十名を記録している。

会報五十六号（平成十六年三月一日）に鈴木泰会長は、「ノモンハン会は消滅したのではない。依然として役員の健康が許すかぎり存続させる覚悟である」と記している。

「ノモンハン事件現地慰霊の会」

「ノモンハン事件現地慰霊の会」は、初代会長・春日行雄氏を中心に、旧軍人や遺族によって結成された会で、「現地に赴き慰霊をする」ことを目標とした。国際間の問題もあり現地に近付くことは至難であったが、一九八九（平成元）年、モンゴル政府の許可があって、初めて現地慰霊が実現できた。ノモンハン事件が終決して五十年後である。以来毎年、気候条件のもっともよい八月下旬に現地慰霊を実施している。

一九九二（平成四）年からは激戦の地に、ステンレス製の日本兵の慰霊柱を建立している。

建てられた慰霊柱の前で、手を合わせ冥福を祈っている慰霊団の人々の写真を見ることができる。この慰霊柱を建立された経緯について、「産經新聞」（一九九九年九月二十六日付）に、

「ソ連とモンゴルの戦死者には慰霊柱が建てられていた。これでは日本兵は肩身が狭いと思った」

という現地慰霊参加者同士の声が記されている。ステンレス製の日本人戦死者の慰霊柱は、こうしてノモンハンの戦場跡に建った。

慰霊団長であった永井正氏は、外地での抑留から帰国後、横浜市内で建材会社を経営。ステンレス製の慰霊柱は永井氏によって用意された。

「ノモンハン事件現地慰霊の会」による現地慰霊は、二〇〇六（平成十八）年まで十八年間続いている。その間一九九三（平成五）年、成田山新勝寺住職が現地慰霊団に同行され、以来毎年、現地での奉納供養が行なわれてきた（平成

七、八年の両年は、成田山新勝寺開基千六十年準備のため、現地での供養は行なっていない）。

一九九九（平成十一）年のこの年は、ノモンハン事件終決六十周年に当たる。現地慰霊には永井正氏を団長に、「ノモンハン事件現地慰霊の会」会員二十一名と、開基の例祭を終えた成田山新勝寺・鶴見照碩貫首《かんじゅ》（八十三歳）を始め僧侶十名、計三十数名の参加があった。高齢の鶴見照碩貫首が照りつける日差しの中で一心に祈る姿に、同行者は思わず手を合わせたという。

参加した会員二十一名の中に、五名の参戦者が参加している。死地から生還し、現地を訪れた参戦者の気持ちを先の「産經新聞」（一九九九年九月二十七日付）で知ることができる。

「ノモンハン事件の戦跡を目指し、日の丸を手にした男性が一歩一歩確かめるように小高い丘を登る。

『戦友よぉ、六十年ぶりだなぁ』」

慰霊団一行の最高齢者、池崎若位さん（八十八歳）は元第八国境守備隊少尉であった。池崎さんは、四日間にわたって訪れた戦跡各地で、慰霊柱を拝むたびに戦死した戦友に、そう呼びかけたという。

「終戦をインドネシアで迎えた池崎さんは『多くの戦友を失ったノモンハン事件の戦跡を訪れたいという思いでいっぱいだった』という。五年前には中国側から戦地のそばを訪れたが、戦場はモンゴル側だった。

現地への慰霊は体力的にきつい。宿泊先となるスンベルは水道も電気もほとんどない状態。民間人が通常立ち入ることのできない国境地帯に散らばる各戦跡にたどりつくには、軍用のトラック荷台に乗り込み、草原を激しく揺られながら進むこともある。

それでも『年々、齢を重ね、自分に残された時間も少なくなっている。事件から六十年の今年はなんとしても来たかった』と、家族の反対を押し切って慰霊団に参加したという。（池崎さんはこの現地慰霊の翌年、他界された――著者）」

成田山新勝寺の僧侶は平成五年から同行しているが、このことについて、先の「産經新聞」（一九九九年九月三十日付）によると、「ノモンハン事件後モンゴル抑留中に死亡した日本人の墓地で法要を行なった際参列していた元ノモンハン事件参戦者が『ノモンハンでもぜひ』と懇願したのがきっかけで同行するようになった」とある。ノモンハン事件戦死者に対する鎮魂の願いの深さを教えられる。

二〇〇二（平成十四）年、会は厚生労働省へ嘆願書を提出した。元参戦者や自分の高齢を思う時、やがて忘れ去られていくであろうノモンハン事件。草原で非業の死を遂げた若い戦死者を思うとやり切れない思いを、会は最後の手段として国に訴えたのである。

『ノモンハン事件戦没者慰霊に関する請願書』

一　要旨

ノモンハン事件（現、モンゴル国東北部）における激戦地の適当な場所に慰霊塔を建立する件と、当時の参戦者およびその遺族の現地慰霊に要する旅費支援の件について。

二　理由　次ページに記す。

平成十四年　月　日

請願者　横浜市神奈川区六角橋○○○○

ノモンハン事件現地慰霊之会　会長　永井　正

厚生労働省

前ページ請願書に関する理由

㈠　慰霊塔建立の費用援助の件

ノモンハンの戦いは、その規模から見ると、事件などではなく戦争そのものでした。昭和十四年五月から八月にかけて日ソ両軍を主力に、双方十四万人もの将兵がソ連、満州国の国境で戦い、一万八千余人の日本軍が戦死傷し、ソ連軍にも二万人の戦死傷がありました。この戦争を事件と呼んでいるのは日本だけで、モンゴル国やロシアでは「ハルヒンゴール戦争」（ハルハ河戦争）といっております。特にモンゴル国においては国家存亡の危機でありました。

戦場の広さや激戦の状況について、太平洋戦争のガダルカナル戦に匹敵すると参戦者はいっております。この戦争で戦死した日本軍の将兵の遺骨は大部分がいまだにホロンバイルの草原に草生す屍として散っています。元参戦者の永井正会長は「ノモンハン事件現地慰霊の会」を組織し、モンゴル国の許可を得て、参戦者や遺族を伴い平成元年から毎年八月に現地慰霊を続けてきました。平成五年からは成田山新勝寺の大僧正が僧侶を伴って無償で、ノモンハンの戦跡地にご同行し現地で法要を営まれています。これまでに遺族の浄財で慰霊柱を建て、さらに成田山によって観音像が建てられましたので、散らばっている遺骨を拾って納めてきましたが、少数の反日感情の持ち主により破損を被り、毎年修理を余儀なくされています。さらに現地慰霊にさいしては参戦者ならびに遺族の不足分の費用や事務費に至るまで永井正会長が賄ってきましたが、齢、八十五歳を迎え、高齢のため財政的にも体力的にも限界に近づきつつあります。したがって慰霊塔の建立を願うものですが、それには高額の費用を要します。この事情を勘案され慰霊塔建立の費用のご援助を要望する次第でございます。

㈡ 参戦者および遺族の現地慰霊に要する旅費援助の件

ノモンハン事件の参戦者はいずれも八十歳を越え、そのつれあいも同様に高齢化が著しく、生存者も年々減少しております。さらに遺児たちも還暦を過ぎ年金生活者が大半です。事件を風化させないためにも、現地慰霊を続けていきたいのですが、現状では慰霊団に参加するには、ひとり三十五万円（平成十三年）の費用がかかります。年金生活者にとってあまりにも高額なために参加を見送らざるを得ない状況です。国家の命によって参戦させられ、戦死させられたことは厳然たる事実であります。よって慰霊団への旅費のご援助をご検討、賜りたくここに謹んで請願いたす次第でございます。

以上

請願の主旨はあくまでも慰霊塔建立費用の援助と、遺族現地慰霊に要する費用の援助であった。口頭による請願であったとも言われているが、いずれにしてもこの時、この請願は国に受理されなかった。

「ノモンハン会」「ノモンハン現地慰霊の会」、この二つの会はいずれもノモンハン事件を忘れる事のできない、忘れてはならないと誓う元戦友が核になって、慰霊のために立ち上げた会であった。参戦者や遺族はそれぞれの組織の活動に参加することを通して己を癒し、故人を慰霊してきた。ノモンハン事件戦没者への慰霊の願いは、この二つの会の出発点であったと言えよう。しかし活動の内容には当然のことながら違いがある。

「ノモンハン会」は戦没者の霊を慰め、英霊の遺徳を広く顕彰し、会員相互の親睦を図ることを目的としている。活動内容を見ると確かに目的達成に向けた活動運営である。会は戦場跡の遺体について、「停戦協定後、日ソ両軍による戦場掃除によって遺体は収容したので現地には残っていない」（会報より）と主張する。

「ノモンハン事件現地慰霊の会」は、現地に未だ多くの遺骨が残されているとの考えから、現地慰霊を目的とした活動である。確かに数多く現地に赴いている。

これら二つの会の活動内容は大きく異なるが、二つの会はそれぞれ慰霊に対し誠を通した目的を持ち、確実に実行に移している。しかも長期間にわたってという点でも同じである。そして、会員が高齢化し存続の危機が迫ったという点も同じであった。

「ノモンハン事件遺族の会」

「ノモンハン事件遺族の会」の代表である島田嘉明氏は、かつて「ノモンハン会」「ノモンハン事件現地慰霊の会」に所属し活動に参加していた。それらの会への島田氏の入会の動機は、ノモンハン事件の戦死者の国の扱いに、強い不審と疑問を持ったことであった。

それは、日露戦争で戦死した母方の祖父と、ノモンハンで戦死した母方の叔父の、死者に対する扱いの大きな違いにあった。祖父の遺骨は丁重に扱われ、その上桐の箱の中には紫のふくさに包まれた恩賜の徳利と盃が下賜されていた。それに引き替えノモンハンで戦死した叔父の遺骨は、ダンボールの中の一握りの砂であった。

戦勝と戦敗（ノモンハン会は認めていないが）の違いでは片付けられない、

人間の尊厳の問題が、島田氏を立ち上がらせた「一片でもいい、叔父の遺骨を持ち帰りたい」島田氏には強い願望があった。

　島田氏はやがて「ノモンハン会」から脱会し、一九九八（平成十）年に「ノモンハン事件現地慰霊の会」の活動に参加し、現地を訪れた。戦場にはたくさんの遺骨が残されていると確信を持ったのはこの時である。二〇〇二（平成十四）年に「ノモンハン事件現地慰霊の会」が国に提出した請願書は受理されなかった。その理由については資料が残されていないため明確にはできない。「ノモンハンでの戦いを国が戦争と認めないからであろう」「遺族の請願でないからである」等々の憶測も聞かれるが、国の事業となると、予算化が必要となり、国はそう簡単に返答はできないであろう。しかも終決後六十有余年経っている事件である。これらのことが直ちに取り上げられなかった理由であったのではないか。

　受理されないのは、会が「慰霊のための会」であって「遺族の会」でないことにある、と考えた島田氏は、「ノモンハン事件遺族の会」を起こし、その代表となり活動を開始した。会員は第七師団のあった北海道居住者が中心で（島田氏の出身地は北海道）、参戦者、遺族、賛助会員三百名によって組織された。

まずノモンハン事件は戦争であったことを国に認めさせることを念頭におき、請願書を国に受理させることに努力している。

島田氏は一年余にわたって何度も厚生労働省援護局への働きかけを行なってきたが、返答は得られなかった。やむなく当時の自由党議員小沢一郎氏（現民主党代表）に働きかけた。小沢氏を介し、当時の自由党衆議院議員樋高剛氏（厚生労働委員会委員）によって、二〇〇二（平成十四）年五月二十二日の厚生労働委員会理事会でノモンハン事件は初めて質議に取り上げられた。これに先立ち樋高氏は、島田氏に何度となく聞き取りを行ない、問題を焦点化し、遺族の要望や意見を理事会で質《ただ》している。以下は樋高議員によって理事会に提出された内容である。

厚生労働委員会要旨（平成十四年五月二十二日）

衆議院議員　樋高　剛

いわゆる「ノモンハン事件」について

① ノモンハン事件についての政府見解

② 戦場地跡に慰霊碑建立の件

③ 慰霊巡拝の計画について

④ 最後に国としては太平洋戦争とこのノモンハン事件は区別して調査対象とすべきではないか

厚生労働委員会質問主意書（平成十四年五月二十二日）

衆議院議員　樋高　剛

一、いわゆるノモンハン事件に対する政府見解について

〈経過〉　昨年の八月、第十三回ノモンハン事件現地慰霊を行い、永井団長、木島副団長を中心に、種々、陳情を（以下質問項目）展開しているところであります。第七次を含め今まで幾度も、大本山成田山新勝寺の皆様にも、現地慰霊法要までご尽力を頂いたと聞いております。

〈現況〉　私は、昨年来、関係者より、色々とお話を伺い（以下質問事項）、現在、厚生労働省、社会援護局、援護企画課、外事室の担当者と協議を進めているところであります。

そこで質問に入らせて頂きます。

① 先ず、いつ頃の事件であったのか、私は事件というより、戦争ではなかったのかと認識しておりますが、いかがお考えか。

② どのような状況であったのか、また、国として正式に調査はなされたのか。

③　調査をされているとすれば、どのような結果であったのか、もし調査がなされていないならば、今後調査する計画はあるのか。

④　ノモンハン事件で戦死された遺族の状況は、把握されているのか。

二、戦場地跡に慰霊碑建立の件

①　現地に眠れる遺骨がどのような状況下にあるのか。

②　既に六十数年も経過し広範囲に散った遺骨の収集は不可能ではないのか。

③　収集が不可能なら、慰霊碑建立が最善と思われるがいかがなものか。

三、慰霊巡拝の計画について

①　国として慰霊巡拝に対する遺族の方々への支弁は必要と思われるがいかがなものか。

② 旅費の基準は全額支給されるべきと思うがいかがなものか。

四、最後に国としては、太平洋戦争と、このノモンハン事件は区別して調査対象とすべきではないか。

厚生労働委員会理事会で取り上げられた請願に関するやり取りを、少し長くはなるが議事録から拾ってみたい（坂口力厚生労働大臣、狩野安厚生労働副大臣と樋高委員の応答）。ここには、傍聴人として「ノモンハン事件遺族の会」代表島田嘉明氏が臨席している。

樋高委員　まず、医療制度改革の前に、ノモンハン事件についてちょっとお尋ねをさせていただきたいと思います。

このノモンハン事件、一九三九年、いわゆる満州国とモンゴル国境のノモンハン付近で起きた日本と旧ソ連との軍事衝突の事件であります。これは、日本軍は第二十三師団というところが壊滅をいたしまして、約一万七千人の方々の死傷者を出したという事件であります。

政府の歴史認識についてお尋ねをさせていただきますけれども、このノモンハンの取り組みにつきましては、例えば、ここにちょっと冊子を持ってまいりました。写真がありますけれども、ちょっと遠くで見えないかもしれませんが。昨年の八月には、第十三回目のノモンハン事件の現地慰霊を行うために、永井団長さん、また木島副団長さんを中心に種々陳情を展開しているところでありますけれども、今まで幾度も、例えばですが、大本山成田山新勝寺の皆様方にも、現地慰霊法要まで御尽力をいただいたと聞いております。

私は、昨年来、関係者の皆様方にいろいろとお話を伺いまして、現在、厚労省の担当者の方と協議を進めているところでありますけれども、きょうは御遺族代表の方もこちらに、遠方からもお見えになっております。国のために命を落とされた御遺族の方をがっかりさせないように、心を込めた、しっかりとした御答弁をお願いさせていただきたいと思います。

このノモンハン事件についてでありますけれども、まず、これはそもそも事件であったのか、あるいは事件ではなくて戦争ではなかったか。戦争であったんではないかと認識なさっている方が私は多くいるように感じますし、事件という言葉を使っておりますけれども、ほとんどの方が、これは戦争の一部であるというふうに認識をしております。国として正式に調査をなさったのか、そして、調査をなされていればどのような結果であったか、また、調査をしていないのであれば、今後調査する予定があるのか、伺いたいと思います。

狩野副大臣　お答えいたします。

ノモンハン事件は、当時の満州国とモンゴルの国境線についての見解の相違により勃発したものと承知しております。日本軍は、約八千名が戦死したとされているものと承知しております。

なお、厚生労働省は、さきの大戦に起因する戦没者遺族の援護や海外戦没者の遺骨収集等を行っているものでありまして、お尋ねにお答えする立場にないことを御理解いただきたいと思います。

樋高委員　それでは、また別の視点からちょっとお尋ねをいたしますけれども、こういった事件があったということについては認識をなさっておいでですか。

狩野副大臣　事件があったことは認識いたしております。

樋高委員　では、事件であったか戦争であったか、その認識を抜きにいたしまして、やはり私は慰霊碑を建立すべきであるというふうに思いますけれども、そのことについてどう考えますか。

坂口国務大臣　ノモンハン事件で亡くなられました方は、先ほどお話ございいましたように、八千人に上っているわけでございますが、昨年の九月に、民間団体から確度の高い遺骨情報の提供がございました。そして、いわゆる遺骨収集の実施によりまして、昨年の十月に、現在のモンゴル抑留中死亡者の慰霊碑の竣工追悼式がございまして、前の副大臣でございました南野副大臣がそこに出席をし、そして、モンゴル政府に対する申し入れも行ったところでございます。同政府からも、全面的に協力する旨の回答をもらっております。

このような回答を踏まえまして、平成十四年度におきましては、遺骨収集の可能性を調査するために、現地の遺骨の残存状況等について事前調査を行うことになっております。ことし予算化されておりますし、ことし、現地に赴きまして状況を調べることになっております。

樋高委員　しっかりと調査をお願いいたしたいと思いますし、それをきちっと公開していただきたいというふうに思います。慰霊碑建立、最善である、建立をすべきであるというふうに考えます。

また、もう一点だけ、恐れ入りますが、遺族の方々が現地に定期的に参りまして遺骨の収集等を行っておりますけれども、やはり旅費の支給、支弁等々をしっかりと私はやるべきであるというふうに思いますけれども、そのことにつきまして、いかがお考えになりますか。

狩野副大臣　政府におきましては、すべての遺骨を収集することが困難なことから、政府の行う遺骨収集を補完し、旧主要戦域となった地域等において戦没者を慰霊するため、関係遺族を対象に慰霊巡拝を行っております。民間の慰霊団につきましては、遺族以外の方を含み、またそれぞれのお考えに基づいて行われているものですので、国として補助を行ってはおりません。政府が行う慰霊巡拝に参加する御遺族に対しましては、渡航費用等の三分の一相当を補助しております。

なお、政府といたしましては、ノモンハン事件にかかわる戦没者についても、遺骨収集の実施状況を踏まえ、今般、必要と認められた場合には慰霊巡拝を行うことも検討してまいりたいと思っております。

意外なことに、事態は「ノモンハン事件現地慰霊の会」や「ノモンハン事件遺族の会」の請願している慰霊塔の建立や、慰霊に要する費用の援助ではなく、「遺骨収集」へ向けて国が動こうとしている。現地遺骨の残存状況について事前調査を行なうための予算は、すでに確保されているという国の回答である。

緊張の空気の中、議事進行の成り行きを真剣に傍聴した島田氏は、「一歩前進」「いや二歩前進」の手応えを持って議事堂を後にした。

厚生労働委員会で取り上げられた三ヵ月後、政府は遺骨収集事前調査に動いた。

遺骨収集へ向けて

やがて、日本政府によって「ノモンハン事件戦没者遺骨収集事前調査団」が結成された。

団員は、援護局企画課外事室外事第二班長・岡田裕之氏を団長に、厚生労働省二名、遺族会から二名（内一名は島田氏・一名はノモンハン地区に詳しい人）、通訳一名の五名である。

調査団は二〇〇二（平成十四）年七月二十八日から八月九日まで、現地にて調査を行なった。この時はモンゴル外務省や各省との交渉によって、在日大使館員の案内で調査団は現地国境警備隊の宿舎で警備隊員と寝食を共にしている。

この調査では、かつて慰霊団によって発見された遺骨七体（モンゴルの許しがえられなかったため、日本に持ち帰ることができなかった）を、調査団は現地で仮埋葬をし、岡田団長によって大臣の追悼の辞が代読された。

「意味のない戦争」とも言われたノモンハン事件で、尊い命をなくした多くの将来ある若者に対して述べられた国の追悼の辞を、記したい。

追悼の辞

本日ここ「モンゴル国　スンベル」において、ノモンハン事件戦没者追悼式を挙行するにあたり、日本政府派遣団を代表いたしまして、謹んで追悼のことばを申し上げます。

皆様方は、いわゆる「ノモンハン事件」において、苛烈を極めた戦闘が行われたこの地にあり、言語を絶する困難に耐えて、連日激闘を続けられ、そしてついに故国の土を踏むことなく、帰らぬ人となられたのであります。

今、静かに瞼を閉じ、この地において亡くなられた皆様方に思いをいたすとき、悲しみは深まり、痛恨の念が切々と胸に迫ってまいります。

ノモンハン事件から六十余年の歳月を経過したわけでありますが、この半世紀の間に、皆様の祖国日本は廃墟の中から懸命に立ち上がり、今日の平和と繁栄を築き上げてまいりました。しかしながら、この発展の陰には、皆様方の尊い犠牲があったことを、私たちは決して忘れてはおりません。

私たちは、先の大戦から学び得たものを教訓として、さらに世界平和に貢献する努力を、今後とも重ねてまいりますことをお誓い申し上げます。

また、皆様方が常に案じておられたご家族の方々も、皆様方を失った深い悲しみに耐え、皆様方を誇りとして力強く生きてこられたことを、ここにご報告申し上げます。

そして、私どもは今後とも、一日も早く皆様方を祖国にお迎えすることができるよう、引き続き努力してまいります。

終わりに、今なお、この地に眠られる皆様方のご冥福をお祈り申し上げますとともに、祖国日本の安泰とご家族の行く末をお守り下さいますことをお願いいたしまして、追悼のことばといたします。

平成十四年八月三日

日本政府派遣

ノモンハン事件戦没者遺骨収集事前調査団団長　岡田裕之

●遺骨収集への道程《みちのり》

以後順調に行なわれるかに思えた戦没者遺骨収集であったが、翌年の二〇〇三（平成十五）年は何の動きもなかった。島田氏が調査団長であった岡田氏に問い合わせると、閣議決定がなされないとのことであった。

ノモンハンの好季節である七、八月もとっくに過ぎた十月三十日、島田氏は厚生労働大臣坂口力氏に書簡を出し「参戦者のためでなく遺族の方々のために彼の地の草生す屍を一日も早く故国日本に持ち帰りたい」「本年は如何なる方針で対処されますか具体的な方法をお聞かせください」と訴えた。

島田氏の訴えに対し同年十一月十四日、厚生労働省社会・援護局援護企画課外事室外事第二課から次の回答があった。少々長くなるが、国の回答であるので全文記載する。

島田嘉明様

平成十五年十月三十日付けで厚生労働大臣あてに送付されましたノモンハン事件戦没者遺骨収集についての書簡を拝見いたしました。本件につきましては、戦没者の遺骨収集等の慰霊事業を担当しております当係から回答させていただきます。

日本政府として遺骨収集を実施する際には、外交ルートを通じて相手国政府に許可を取得して実施しており、ノモンハン事件戦没者遺骨収集等につきましても、平成十四年八月に当該地域における遺骨調査団を現地へ派遣した際、本件実施に係る許可取得に努めたところですが、モンゴル国民感情等に配慮する必要等があり、それらを踏まえ実施の可否につきモンゴル国内での調整を図る必要があるとの理由から、当該地域で発見された遺骨の持ち出し等に係る許可が得られなかったところです。

その後、当方からは、外交ルートを通じ、改めて当該遺骨の送還を含めた遺骨収集の許可取得に努めるとともに、本年三月当省職員を派遣し、本件許可取得に参考となる資料提供等を行ってきたところです。

こうした日本側からの申し入れに対し、モンゴル政府としては、上記国内世論調整を図ったうえで、当該地域における遺骨収集等の実施に関する最終的な決定を行うとのことでしたが、残念ながら現在までその決定がありません。

当方といたしましては、本件の早期実現に向け、現在も、我が方外務省とも連絡を密にしながら、機会を捉えて外交ルートにより係る政府閣議の状況把握等に努めておりますが、いずれにしてもモンゴル政府の決定を待たざるを得ない状況であるため、今後の対応等につきましては今しばらくお時間を頂きたいと考えております。

当方といたしましては、島田様をはじめとするご遺族等関係者の方々のお気持ちにお応えするべく今後ともできる限りの努力をしていくこととしておりますので、何卒ご理解のほどよろしくお願いいいたします。

平成十五年十一月十四日

厚生労働省社会・援護局　援護企画課外事室外事第二係

二〇〇三（平成十五）年の中止は、以上の理由によるものであった。このことは確かであったことが次の外交記録から知ることができる。

二〇〇三（平成十五）年十二月四日、日本国とモンゴル国との共同声明が出されている。これはナツァギーン・バカバンディ・モンゴル国大統領が日本政府の公式実務訪問賓客として日本国を訪問し、小泉純一郎日本国総理大臣と会談を行なった時の共同声明である。
九項目からなる声明文の九項に、次のことがある。

日本側は、モンゴル側に要請していたノモンハン事件戦没者の遺骨収集の実施及び戦後抑留者の個人情報の提供について、モンゴル側が前向きに決定し、関連する資料の一部を今回日本側に提供したことは、進展しつつある日本国とモンゴル国との間の良好な関係を反映するものとして感謝を表明した。

二〇〇三（平成十五）年遺骨収集の行動は休止したかに見えたが、水面下では国家間の交渉が確実に行なわれていたのである。
そして翌二〇〇四（平成十六）年、国の外交努力によって、「第一回モンゴル（ノモンハン事件）戦没者遺骨収集団」が結成され、任地に赴き活動が開始された。この時十六体の遺骨が帰国し、翌二〇〇五（平成十七）年に八体。翌二〇〇六（平成十八）年に七体の遺骨が帰国した。

ノモンハン事件終決後六十六年を過ぎて初めて、ノモンハン事件の戦没者は先の大戦の戦没者と同じ扱いを受けたわけである。

本土周辺、沖縄、硫黄島、東南アジア、太平洋等々の遺骨収集は、一九五九（昭和三十四）年三月から実施されている。ノモンハンでの遺骨収集はそれより少なくとも四十五年は遅れている。ノモンハンでの遺骨処理は終決時に終えているとする国の認識もあったであろうが、ここにきて国によって遺骨収集が行なわれるようになったと言うことは、ノモンハン事件戦没者を戦死と認めた国の認識であると考える。国が動き外交交渉の努力によって、初めて遺骨収集が可能となったのであった。

忘れられているとしか思えなかったノモンハン事件が、遺骨収集となって動き出す原動力となったのは、戦死者の慰霊を切に念ずる戦友や多くの遺族の熱意であったと言えよう。

それぞれの会が、長年にわたって取り組んできた種々の慰霊のための行為が国を動かしたのである。六十六年も経った今、国が遺骨収集へ向けて動き出した決め手は、民間団体（慰霊団）から得た確度の高い遺骨情報であったと言えよう。

ここに至るまでに、忘れてはならないことが今一つある。それは民間によるモンゴルとの交流である。

一九九一（平成三）年四月、「日本モンゴル文化経済交流協会」が設立されている。この年はノモンハン事件五十周年の翌々年に当たり、その翌年「ノモンハン事件現地慰霊の会」は激戦地に日本兵の慰霊柱を建立している。

以降の「日本モンゴル文化経済交流会」の活動を簡単に記す。

「日本モンゴル文化経済交流協会」設立の翌月、「大阪市国際交流財団」（OFIX）より夏の国際交流に対して助成金の交付を受けた。同じくこの年の八月、首都ウランバートルにて着物ショー、石鹸作りの技術移転、神楽《かぐら》、料理、手作りの靴作り、環境のための会議、歯科検診を開催した。この時、日本から百七十五人の参加者があったと記録にある。その後モンゴル民族音楽団の来日受け入れをし、馬頭琴のソロ演奏を加えたオーケストレーションを大阪シンフォニカーの協力で開催した。

一九九二（平成四）年一月にモンゴルは、新憲法発布し、国名を「モンゴル国」と定めた。この年には郵政省国際ボランティア貯金より、「日本モンゴル文化経済交流会」への寄付金配分の公布等があり、夏には日本人墓地の墓参、ノモンハン慰霊訪問、生活共同組合間の交流、子どもキャンプなどの交流を催した。「ノモンハン事件現地慰霊の会」が、現地に慰霊柱を建立したのはこの年である。

以下交流は年毎に深まり、モンゴル国要人来日受け入れ、日本語教師の派遣、歯科医師の研修受け入れ、モンゴル人研究生受け入れ等盛んに行なわれている。その間には、「モンゴル環境基金」を発足し、「ノゴンウランバートル作戦」と名付けた緑化運動を環境基金によって展開する等、交流は多岐にわたっている。

一九九五（平成七）年の阪神大震災のおりにはモンゴルより、多数の見舞いの電話やファックス、手紙があった。それほど信頼関係は深まっていたと言えよう。そして、二〇〇三（平成十五）年には、先に述べた小泉純一郎日本国総理大臣とナツァギーン・バカバンディ・モンゴル国大統領との共同声明が出された。

文化・経済等の交流を重ね、それらの交流は第二回遺骨収集の行なわれた二〇〇五（平成十七）年までは続いていることを、記録で知ることができる。

何百里と日本から遠く離れた大草原モンゴル（ノモンハン）の地で眠る兵士

のことを、人々は忘れていなかった。人々の心の中に今も生き続けている。その心が国を動かし、さらには書き残すことによって、戦争を知らない人々の心に住み着き、今後も語り継がれて行くであろう。

私は、戦争に対する認識を、事実を知ることによって確かなものに高めてもらいたいと思っている。このことが若くして死んでいった兵士に対する鎮魂、慰霊ではないだろうかとも思っている。

「第一六一国会の衆議院厚生労働委員会第二号」（二〇〇四〈平成十六年〉十月二十七日）によると、阿部知子委員によって遺骨収集は国の責任として「立法化」を要望する意見が出され、当時の尾辻秀久厚生労働大臣は、

「そこで、今お話しのように、立法化することがいいのかどうか、このことはよく考えてみなきゃいかぬことだと思いまして、といいますのは、どこまでやれるのか。来年はもういよいよ戦後六十年でございます。よく私は言っておる

のでありますけれども、六十年たってまだ遺骨収集している、そんな情けないことはない、そういうふうに言ってもおりますし、そうしたいろいろなことを考えますときに、どういうふうに今後進めていけばいいのか。

これは難しい問題もいろいろあると思いますので、立法化を含めていろいろ検討させていただきまして、私が厚生労働大臣をやっておりますときにしっかりした道筋だけはつくっておきたい、こういうふうに考えております」

と述べている。ノモンハンに限らず今回の大戦での戦死者の遺骨の扱いについて、今後の国の対応を見届けたい。

第3章

草原の兵士たち

ノモンハン（ハルハ河流域）慰霊地

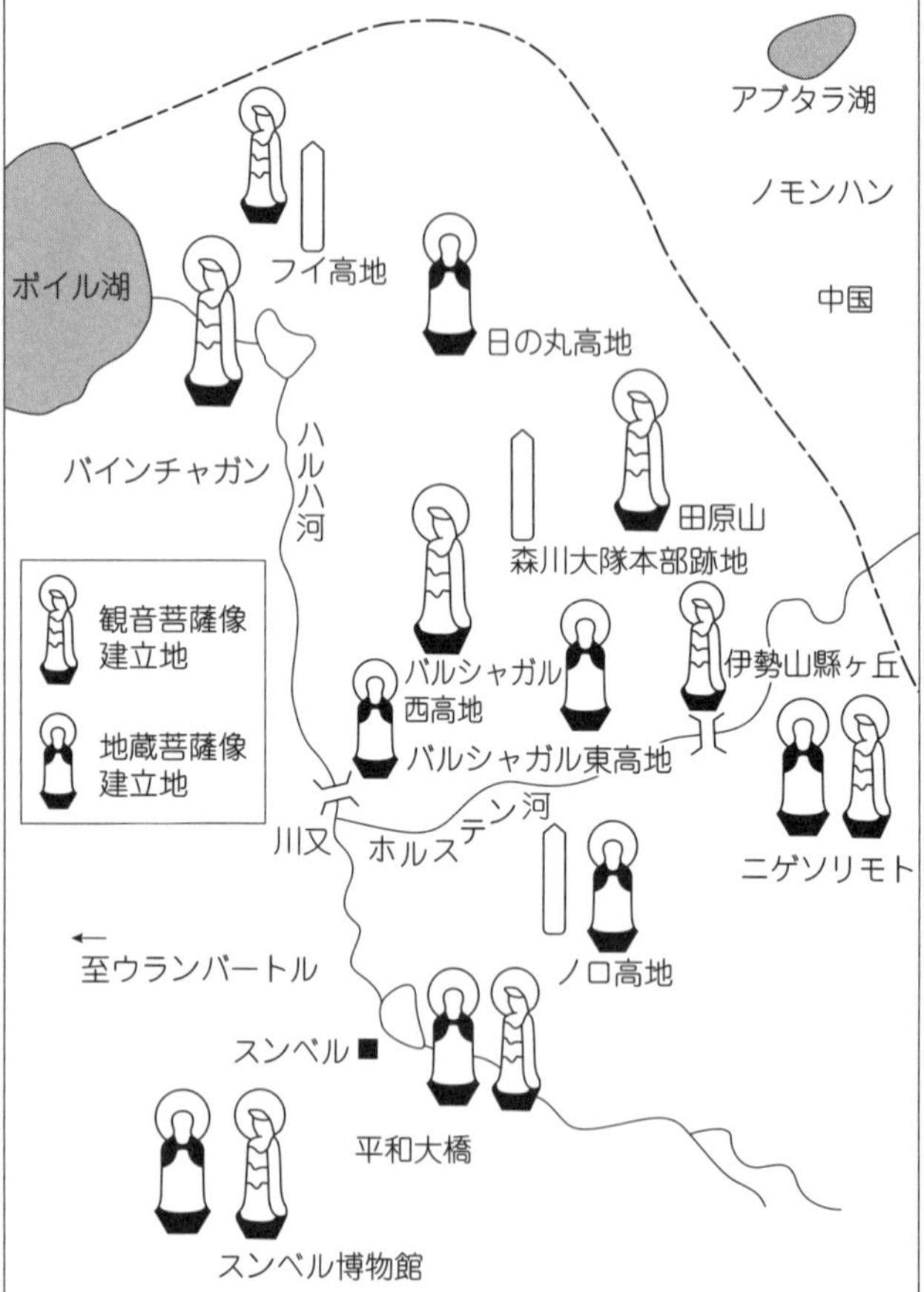

（『ノモンハンへの道』モンゴル横断一千キロ』〈旭照恩、近代文芸社〉より）

●最後の激戦地（バルシャガル高地）

地図②は、ノモンハン事件終決（九月十六日）に近い八月二十日〜三十一日の戦闘経過図である。戦場でソ連軍は、ハルハ河西岸の高地に主力を配し、河を隔てた東岸に布陣している関東軍と交戦した。敵の西岸の陣地は高さ五、六十メートルの高地で、関東軍を見下ろすような位置にあった。関東軍は最初から地の利が悪く、不利な位置にあったのである。このハルハ河東岸は、事件の始まりから終わりまで戦場となったところで、特にハルハ河の支流であるホルステン河の両岸は、最後まで激戦の地であったことが地図で読み取れる。

ハルハ河の東西を結ぶ橋は、地図②にはかなり見られるが、かつては川又にしかなかったと読んだ記憶がある。その後、戦果に併せてソ連軍が架橋していったのであろうか。関東軍殲滅のために、ハルハ河の東岸に新たな戦力（狙撃師団や戦車隊旅団、砲兵連隊、高射砲隊等）を移動させたのであろう。

二年前（二〇〇五年）、ノモンハンを訪れるに際し事前に私は、激戦地として、フイ高地（井置捜索隊）、バルシャガル高地（山縣部隊）、ノロ高地（長谷部部隊）、森田（徹）部隊、森田（範）部隊の四ヵ所を押さえた（拙著『ノモンハンの七月――あれから六十六年』に記載）。今回改めて激戦地を調べてみると、地図②の激戦地と重なっていることがわかった。

蛇行するハルハ河とスンベル村

地図② 1939年8月20～31日の戦闘経過図（『ノモンハン③ 第二十三師団の壊滅』〈朝日文庫〉より）

八月の下旬にむけて激戦が展開されているが、このことに関し七月中旬軍参謀部第二課は、「敵（モンゴル・ソ連軍）が八月中旬を期し攻撃を執るの企画あり」との確かな情報を得て、作戦の構想を変遷している。

一方モンゴル・ソ連軍の作戦は、

第一期――八月二十日〜二十三日まで

第二期――八月二十四日〜二十七日まで

第三期――八月二十八日から三十一日まで

の三期に分け、作戦どおりに攻撃をかけた。このことは、遂行された戦闘行動からも知ることができる。

ホルステン河の両岸が激戦場となったことに関しては、いままでの経緯もあったであろうが、「ハルハ河右岸地区の確保は絶対必要である」とする軍事参謀総長の意見と、「紛争地区ハ極力『ホルステン』河両岸地区附近ニ限定スルニ勉ム」という一九三九（昭和十四）年、八月十二日に発信された関東軍司令部の方針によるものである。

物量に勝る敵の繰り返す攻撃に大打撃を受けながらも、日本の兵士はよく戦った。このときの兵士の働きについて賞賛の声は、ソ連の記録にも残っている。

八月二十四日頃まで関東軍の抵抗結節点（抵抗の固まり）は、ホルステン河の北岸バルシャガル高地一帯と、南

激戦のあった地

岸の二ヵ所にあった。南岸の二ヵ所は狭《せば》められ、モンゴル・ソ連軍の包囲網の中での防戦も虚しく、二十七日までに完全に封鎖されてしまった。

同じ時、ホルステン河北岸では、モンゴル・ソ連軍がバルシャガル高地に向かって三方から集中攻撃を行なった（地図③④）。

「八月二七日朝には、敵はレミゾフ高地の北側にのみ残った」（レミゾフ高地：ソ連・モンゴル軍第一四九連隊の指揮官レミゾフ少佐の名から名付けられた。バルシャガル高地に連なっている）そして、「ここには日本軍は最も強力な堡塁を持っていて、八月二七日じゅう、この高地を維持することができた」とある（シーシキン著、田中克彦訳『ノモンハンの戦い』）。

昨年（平成十八年）行なわれたモンゴル（ノモンハン事件）遺骨収集の位置は、地図で見ると「七三一」生田大隊陣地付近であり、前年の十七年度収集「七三二」は山縣部隊の陣地付近である。当時の激戦の様子を『戦史叢書　關

地図③　八月二十四日の状況

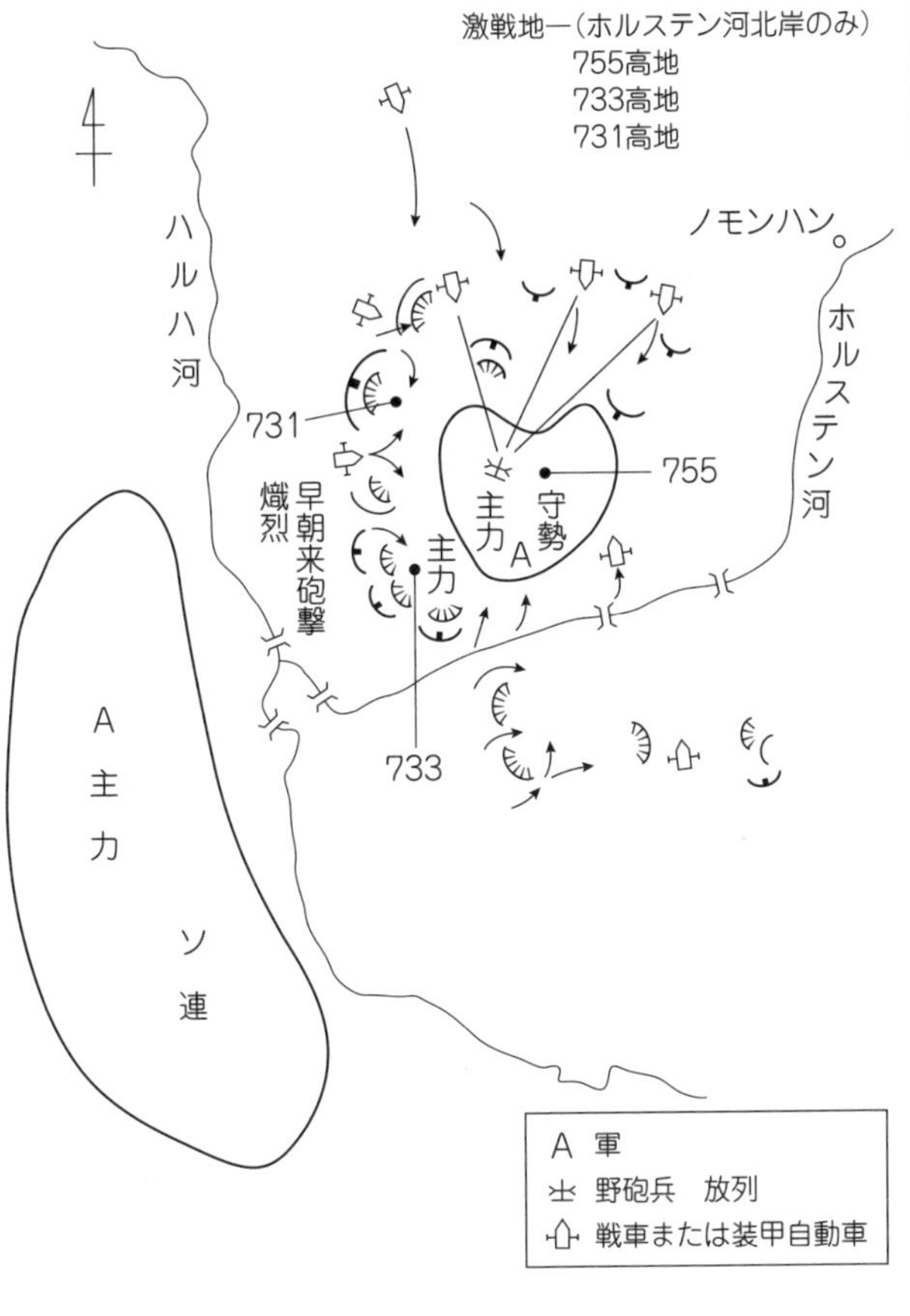

（『戦史叢書　関東軍〈1〉一対ソ戦備・ノモンハン事件一』〈朝雲新聞社〉参考）

地図④　八月二十六日頃包囲される
（755・733・731高地）

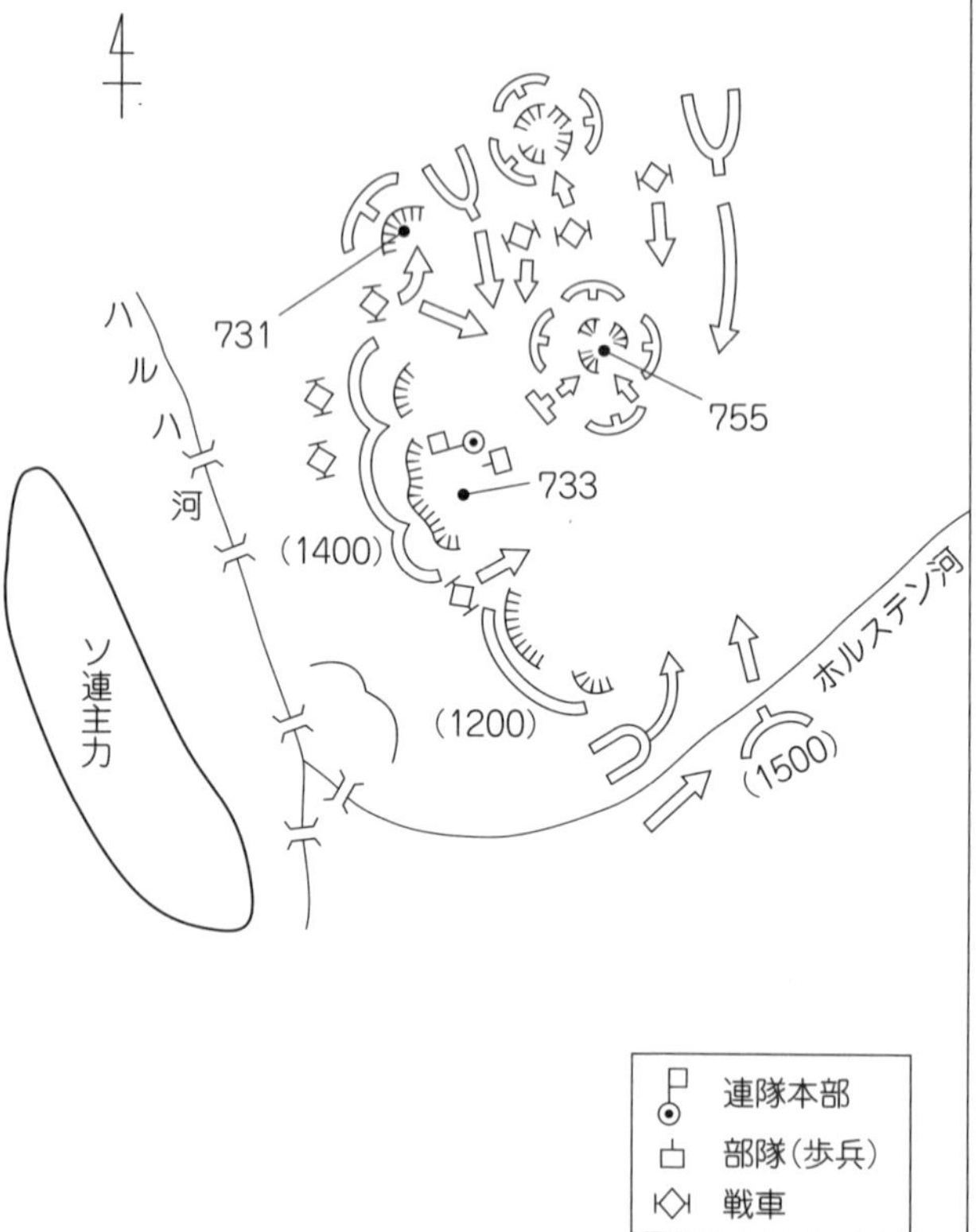

（『戦史叢書　関東軍〈1〉―対ソ戦備・ノモンハン事件―』〈朝雲新聞社〉参考）

東軍〈一〉―対ソ戦備・ノモンハン事件―』（防衛庁防衛研修所戦史室著）から知ることができる。

●山縣部隊（七三三付近陣地）八月二十五日夜七三一陣地（歩兵第二十六聯隊第一大隊、長　生田少佐）は敵手に落ち、キルデゲイ水南西側の第三大隊と七三三高地における歩兵第六十四聯隊主力陣地の右外翼との間隙は五粁《キロメートル》に達し、爾後《じご》全く解放状態となった。一方ホルステン河谷方面のソ軍の動きも一層活発を加え、かくて諸隊の損害は急増し、二十四日の約五〇〇内外を算（ばらばらになること）した。各大隊の兵力は二十六日には一五〇内外に激減するに至った。

●歩兵第六十四聯隊第一大隊（七三三高地南側、ホルステン河北岸陣地）〈八月二十六日〉…払暁ヨリノ砲撃物凄ク第一線ハ硝烟ノ為通視シ得ス、本部附近弾巣トナル…。敵駆逐機群多数全線ヲ対地攻撃…、同時ニ「ホルステン」河谷ヲ前進セル敵戦車十四―五台、歩兵約二百ハ我左翼ヲ包囲ス…。十二時頃及十五時頃、戦車ヲ有スル敵歩兵ハ本部後方ニ進入シ、唯一ノ速射砲ヲ破壊ス…。有線ハ断線シ無線モ亦連絡意ノ如クナラス…。

「七五五」高地─「七四七」高地西側に陣取っていた砲兵諸隊（野砲兵第十三連隊主力、十加、十五榴の各一大隊、十五加主力等）は、バルシャガル高地での戦いの強い味方となるはずであったが、八月二十三日頃からソ連の砲兵、戦車、狙撃部隊等の猛攻を受け被害が続出していた。

●歩兵第七十一聯隊戦闘詳報抜粋　…三時過七五五高地西南約三粁ノ目的地ニ到着、…諸隊混淆シ混雑ヲ極ム。…六時頃ヨリ敵ハ砲火ヲ集中シ…戦車モ近接ス…。十三時頃戦車ヲ伴フ歩兵ハ四周ヨリ攻撃シ…状況転《ウタタ》急迫シ将校以下多数ノ幹部死傷ス…。（略）

八月三十、三十一の情況（地図⑤）では、モンゴル・ソ連軍はハルハ河の東側にかなり侵入していたことがわかる。

国が二〇〇三（平成十五）年からはじめたモンゴル（ノモンハン事件）戦没者の遺骨収集の位置は、平成十六年度は「七五五」であり、十七年度は「七三三」（山縣部隊陣地跡）であり、十八年度の昨年は「七三一」（生田大隊陣地跡）である。まさに激戦地であったバルシャガル高地に位置している。（七五五・七三三・七三一等地図にある数字は、高地の高さであって特別の意味はないという。また、戦場には地名はなく便宜上付したという――著者註）

島田氏によると、二〇〇二（平成十四）年、日本政府によって行なわれた「ノモンハン事件戦没者遺骨収集事前調査」も、このバルシャガル高地であったという。

地図⑤　八月三十、三十一日の状況（除 脱出・帰還）

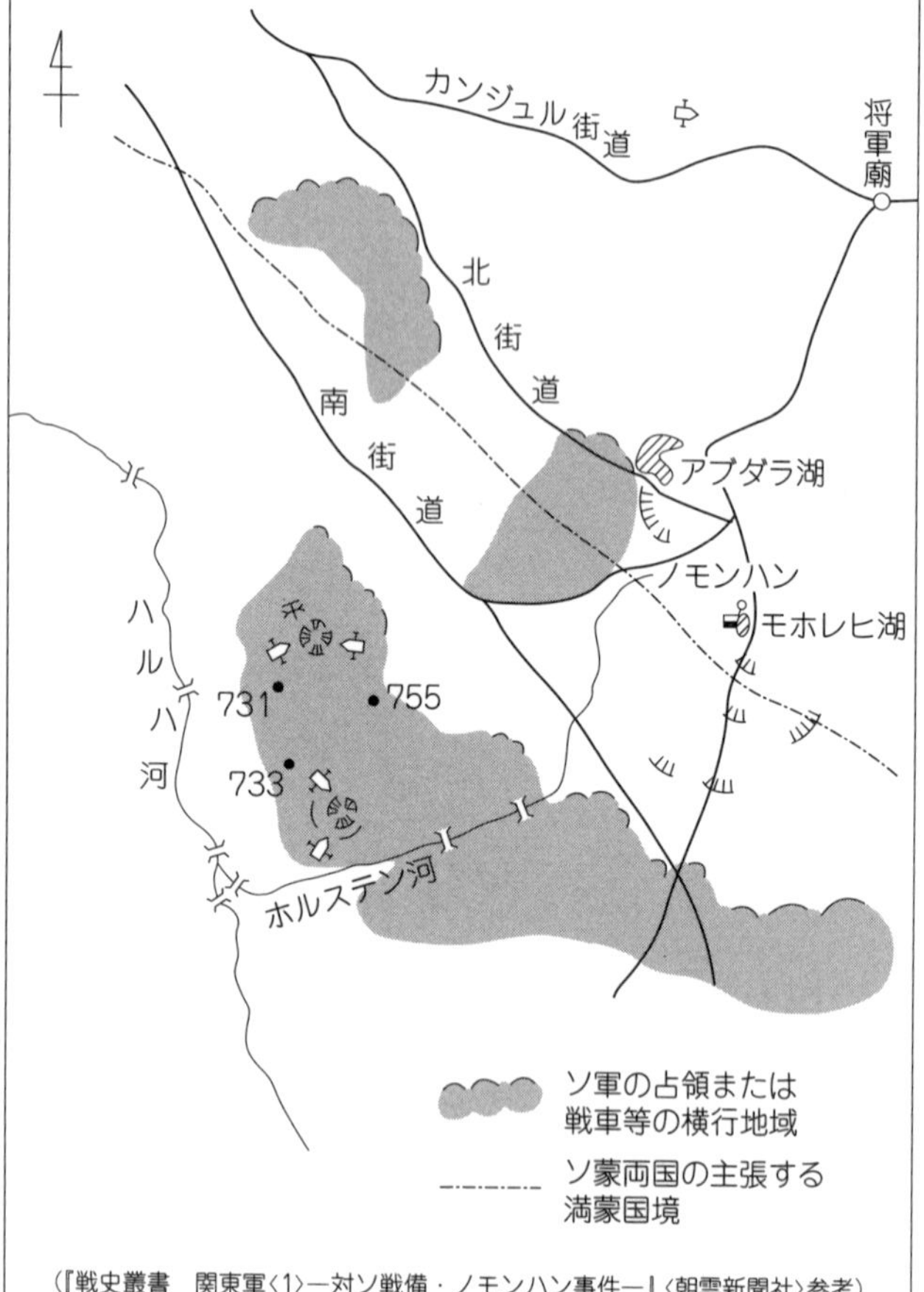

（『戦史叢書　関東軍〈1〉―対ソ戦備・ノモンハン事件―』〈朝雲新聞社〉参考）

草原に飛び立つ

二〇〇六（平成十八）年八月二十八日、「平成十八年度モンゴル（ノモンハン事件）戦没者の遺骨収集」の結団式が、政府派遣の収集団団長、財団法人日本遺族会代表二名、ノモンハン事件遺族の会代表二名、ＪＹＭＡ代表二名によって行なわれた。「収集団」は、その日の十三時三十分、成田空港からモンゴル国ウランバートルへ飛び立った。ウランバートル空港へは約四時間半のフライトである。

今回の収集期間は、八月二十八日から九月十二日までの十六日間である。

この日はウランバートル泊。翌二十九日には在モンゴル日本大使館との打ち合わせ。モンゴル国政府関係機関（外務省）表敬訪問及び打ち合わせ、モンゴル赤十字社等関係機関表敬訪問と休む間もなくすませ、翌三十日いよいよ遺骨の眠る草原に向けて出発する。

ウランバートル空港からチョイバルサンへ向かって、飛行機は飛び立った。ウランバートルからは七百キロの距離である。ここは人口一万五千人ほどの町で、戦時中ここからソ連の爆撃機が飛び立っている。この日チョイバルサン泊。翌日スンベルに向かって四輪駆動車での移動となる（地図⑥）。

スンベルまでの距離は約三百キロあり、普通自動車で約九時

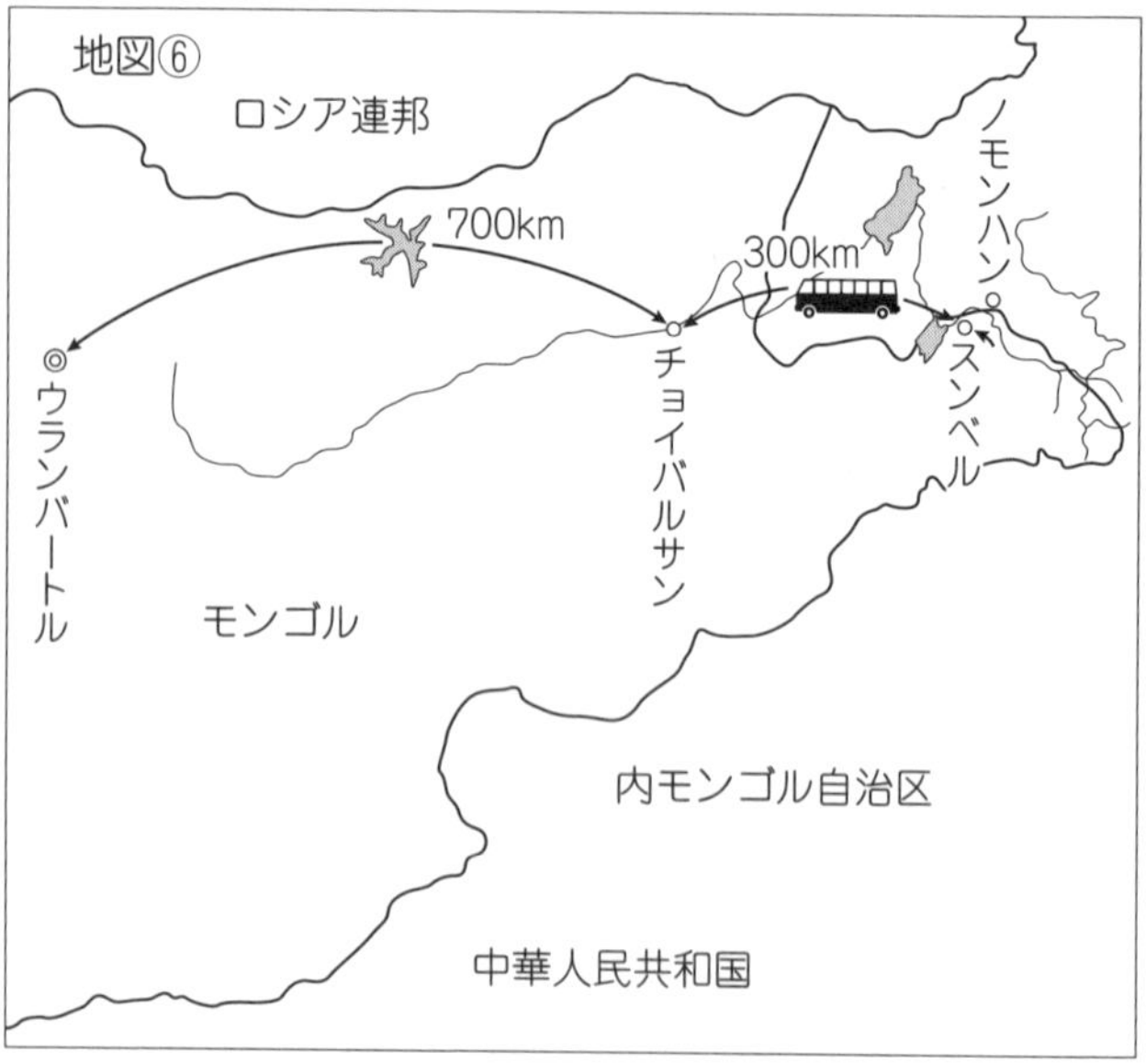

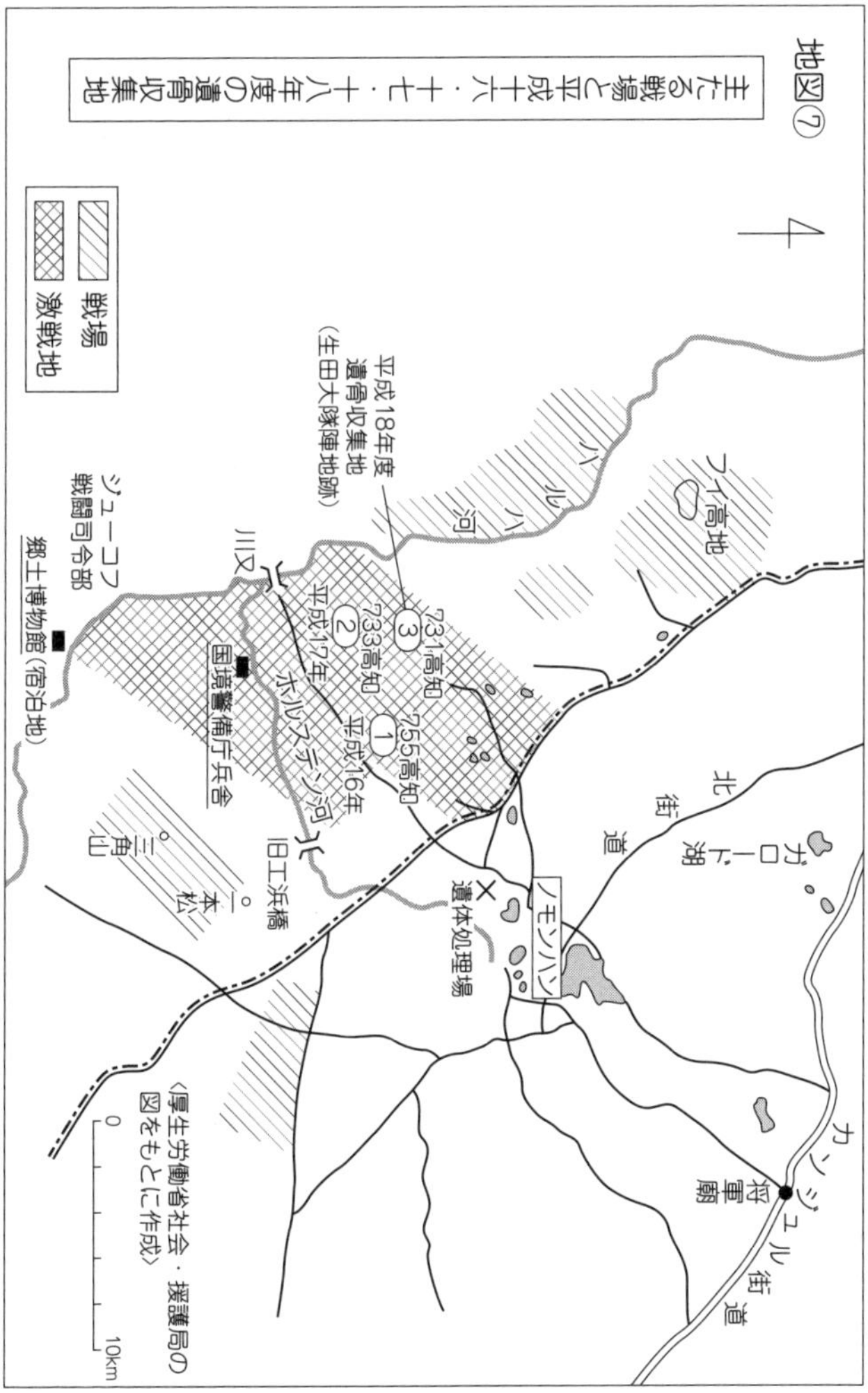
地図⑦
主たる戦場と平成十六・十七・十八年度の遺骨収集地
戦場
激戦地
平成18年度
遺骨収集地
（生田大隊陣地跡）
フイ高地
ハルハ河
731高地
733高地
755高地
③
②
①
平成17年
平成16年
ホルステン河
川又
国境警備庁兵舎
ジューコフ
戦闘司令部
郷土博物館（宿泊地）
三角山
一本松
旧工兵橋
ノモンハン
遺体処理場
北街道
ガロード湖
カンジュル街道
将軍廟
〈厚生労働省社会・援護局の
図をもとに作成〉
0
10km

間の行程であるが、道があって無きが如しの現場、雨が降り続いた後では草原をあちらこちらと迂回し、新しい道を造ることになる。砂漠や草原の中を四輪駆動車は車の轍《わだち》跡をたよりに悪路を走る。スンベル村はノモンハン地区であり、千人程の人が住んでいる。ここには兵隊の宿舎があり中国との国境に近いため、モンゴルの国境警備庁（司令）兵舎がある。近くに郷土博物館（戦勝記念博物館）があって、この博物館が遺骨収集団の宿舎として使われた。休む間もなく八月三十一日から九月五日にかけ、いよいよ遺骨の収集作業となる。今回の地点は生田大隊陣地跡七三一高地と言われる激戦地跡である（地図⑦）。この地点まで宿舎から車で移動する。

埋もれた遺骨の位置は、タバル山からGPSを当てて測る。二百ヵ所近く測り確かめる。

草原に眠る兵士

　果てしなく広がる草原。夏草は豊かに茂り、ところどころ草の間から見える土。周りに何もないせいであろう殺伐としている広野。発掘は団員のほか現地で採用した人達（チョイバルサン村・スンベル村の住民）十人前後が当たる。それらの人以外に国境警備隊員の方々の同道である。

　草を除きスコップで四、五十センチほど掘ると、かちっと手ごたえがあ

フイ高地慰霊地にて

る。遺骨である。この瞬間はいつも、何度もどきりとするという。手で丁寧に土を払い除け、骨の一つ一つ、一本一本、刷毛できれいに土砂を取りのぞく。頭が出ると、主に遺族が頭を持ち上げ取り上げる。骨は脆く、すぐに崩れる。一つの袋に丁寧に収める。

苦しさに横臥し息絶えたのであろうか、骨盤から肋骨と掘り出していくうちに、その遺骨の頭蓋骨は口を開け横向きに寝た姿の遺骨であったという。

平成十七年の収集の時、顔の半分も口を開いていた遺骨があったという。「どんなに苦しんでどんな思いで……」と思い、涙がとまらなかったことを島田氏は思い出したという。あの時の四人並んだような遺骨は、餓死したのであろうか、傷はなかった。そんな過去の遺骨収集の際の情景が、ふつふつと島田氏には浮かび上がってきた。

やがてあちらこちらから、鉄兜や銃弾に打ち抜かれた水筒、土で汚れたサイダー瓶が一つまた一つと集まってくる。サイダー瓶は布の切れ端を中に詰込

発掘作業

遺留品（一ヵ所に集められる）

み、ガソリンに浸して点火した火焔瓶と言われる日本の兵士が最も頼りにした武器であった。これを持って敵の戦車に体当たりしたという。出土品を見るたびに、戦場の悲惨な情景が浮かんでくるという。やり切れない気持ちの中で、一人でも多く、遺骨の一片でもと、掘り広げて行く。この思いは参加している全団員の思いでもあった。兵士が足に巻いていたと思われるゲートルが出てきた。手にした途端ぼろぼろになって崩れ落ちた。七十年近く経っているのである、無理もないとは思いながらも、なぜか背筋が冷たくなったという。灼け付くような暑さ、五十度の気温も忘れて誰もが黙々と遺骨の収集に当たった。小さな骨片がつぎつぎと集まってくる。きれいに並んだ歯を付けた頭蓋骨、大腿骨が白い布の上に並ぶ。五体揃った遺骨が結構あるらしいが、持つとばらばらになってしまうという。

この戦《いくさ》では、ソ連人、モンゴル人、満州国人等々日本人以外の多くの人が参戦し、命を落としている。しかも戦後七十年近く経っているが、遺骨の判定は

集められた遺留品――もとへ埋めもどす

打ち抜かれた鉄かぶと

可能なのであろうか、私には疑問が湧く。今回（平成十八年度）の第三回遺骨収集では、七体分の遺骨が帰国している。確かに先の疑問はあるが、島田氏によると、頭蓋骨では、土を丁寧に取りのぞくとモンゴル人は頬骨で見分けられるが、満人と中国人の見分けは難しいらしい。日本人であるか否か見分けにくい時には、考古学者が判定に当たる。今回はモンゴル人の考古学者ドクター・ナラン女史によって判定された。

遺骨収集の在り方については、援護企画課外事室から出されている「戦没者遺骨収集等における作業等要領」に則って行なわれている（これはノモンハン事件に限らず今回の大戦におけるすべての遺骨の収集に関しての要領である）。たとえば、その中の遺骨柱数の判定では、

(1) 遺骨の柱数の判定については、原則人骨鑑定人の鑑定により決定するが、派遣団長が残骨と判断した遺骨については、その限りではない。

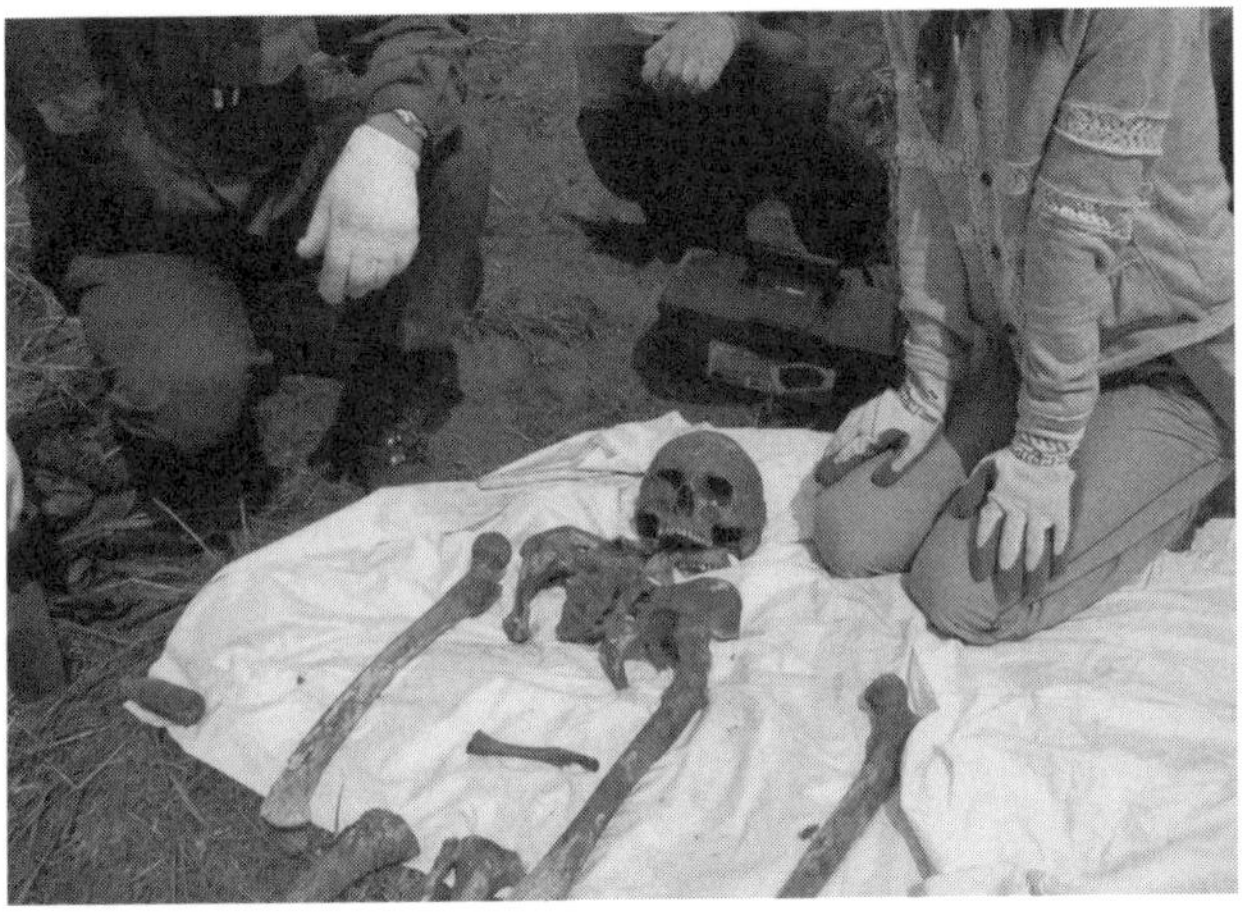

左手前はナラン女史（考古学者）

残骨の定義

頭蓋骨、寛骨《かんこつ》、大腿骨等の部位が含まれない骨片等

(2) 遺骨の鑑定により、個別に区分された遺骨以外の遺骨（骨片等）については、カウントしないこと。

(3) 遺骨鑑定が、遺骨収集終了後に行われる場合においては、期間中のカウントは派遣団長が次の要領により暫定的に行う。

① 地表面にあるもの

ア 大腿骨二本をもって一体と数えることを原則とすること。

イ 地表面に散在しているときは、遺骨と遺骨の距離等により判定すること。

（例 五メートル〜六メートルの間隔をおいて、それぞれ遺骨一個を収容したときは二体としてよい）

ウ 頭蓋骨、寛骨、大腿骨などで単数であることが判明するもの

骨片についている土砂を一つ一つ払う

一体として数えられない残骨

は、一体としてよいこと。

② 埋葬又はこれに近い状態にあるものは一体か二体以上にまとめたものか等について、発見者（情報提供者）の意見、その箇所の形状、骨の部位、数量等諸般の事情から推算すること。

③ 洞窟等にあるものは、洞窟の広さ、集まりうる員数、散在している骨の部位、距離等から判断すること。

④ 既にまとめられているものは、開墾等のため発見されたものである場合があり、できれば、収容（発見）した者から事情を聞いて判断することが望ましいが、それができないときは、骨の部位、数量等によって判断することもやむを得ないこと。

以上の遺骨柱数のとらえ方は、先に述べたように今回の大戦における戦没者を念頭においた、日本政府としての遺骨収集の要領であるため、ノモンハン事

小さな骨片に至るまで、はけで土砂をはらう

塹壕跡

件の遺骨収集にすべて適応できるものではないが収集の基本となっている。

これらの共通理解のもとに発掘の作業にかかる。収集作業が終了の後は、発掘箇所の整地を徹底することが命ぜられている。発掘された遺骨は鑑定の後、遺骨遺留品の位置関係や該当部位の写真撮影をする。写真の後は厚生労働省の用意した「遺骨袋」に納める。この「遺骨袋」には個別に、収集年度・地域名(埋葬地)・整理番号が付いている。この時一体としてカウントできない遺骨については要領にあるように「残骨」とみなして、一つの遺骨袋に集められ納める。ノモンハンではこの遺骨袋が多くなるのは当然と言えよう。

作業等の要領には、遺留品の扱いについて事細かに示されるが、七十年近い年月を経ているノモンハン戦場跡では軍服や認識票等の物品は、ほとんど発見されない。時には飯盒、水筒等が発見されるが、それらの取り扱いについては「所有者を特定する手がかりとなる氏名等が記されているものに限り収集し持ち帰ることができる」となっているので、これらの遺留品についてもノモンハンの戦場では持ち帰ることはできない。が、今後は遺留品等も持ち帰ることができるように交渉を願っているという。

さらばノモンハン

「遺骨袋」に納めた遺骨はスンベルに持ち帰り、この地で焼骨する。改めて亡き人の遺骨を荼毘に付すのである。

周りの草への延焼をさけるため道に鉄板を敷き、その上に薪を井桁に組んで白い布を載せ、その上に遺骨を並べる。この時個別と推定確認された遺骨は一体ずつ焼骨するが、他の遺骨と混入することのないよう十分な間隔をおいて行なわれる。一体とカウントされない遺骨は、まとめて焼骨する。焼骨の準備を終えると、焼骨式が執り行なわれ点火される。

焼骨式　次第

一　開式の辞
一　黙禱
一　経過報告
　　日本政府派遣モンゴル（ノモンハン事件）戦没者遺骨収集団団長
一　献花
　　日本政府派遣モンゴル（ノモンハン事件）戦没者遺骨収集団団長
　　来賓　モンゴル赤十字代表
　　　　国境警備隊長
　　　　県知事
　　　　村長

焼骨　鉄板の上に薪を井桁に組み白い布の上に置かれた遺骨

博物館館長、モンゴル側他
財団法人日本遺族の会代表
ノモンハン事件遺族の会代表
ＪＹＭＡ代表

一　拝礼
一　点火
一　閉式の辞

団長の号令によって火は一斉に点火される。燻った煙はやがて炎となり燃え上がる。

一同目礼し、兵士の鎮魂と冥福を祈る。

骨上げの後、整理番号を付けた新しい遺骨袋に入れ遺骨箱に納める。この遺骨箱には一体とカウントできなかった遺骨の遺骨袋が、複数で納められてい

焼骨式

現地追悼式（スンベル）

る。
この後、スンベル村に持ち帰り、ここで追悼式が行なわれる。

追悼式　次第（スンベル村）

一　開式の辞
一　黙禱
一　追悼の辞
　日本政府派遣モンゴル（ノモンハン事件）戦没者遺骨収集団団長
　財団法人日本遺族会代表
　ノモンハン事件遺族の会代表
　ＪＹＭＡ代表
一　献花

日本政府派遣モンゴル（ノモンハン事件）戦没者遺骨収集団団長
財団法人日本遺族会（全員）
ノモンハン事件遺族の会
ＪＹＭＡ代表（全員）
政府職員・通訳・その他

一　閉式の辞

敬虔な雰囲気の中、思い出のノモンハンでの追悼の式は終わった。この年の遺骨は七個の遺骨箱に納められた。

翌九月八日、いよいよ帰国の途に就く。専用車はチョイバルサンに向かって出発した。十時間の旅となる。

日中五十度という猛暑の中で一日中遺骨を収集し、休む間もなく次の目的地に向けての出発である。往路と同じようにここで一泊し、九日にはウランバートルへ。ここで一泊し、翌日在モンゴル日本大使館へ今回の遺骨収集の結果報告をする。税関検査を受け、翌十一日、七個の遺骨箱を胸に団員はウランバートル空港を飛び立った。

第4章

無言の帰国

永久の眠り

二〇〇六（平成十八）年九月十二日、東京都千代田区の千鳥ヶ淵戦没者墓苑に於てモンゴル（ノモンハン事件）戦没者遺骨引渡式及び解団式が行なわれた。前日の十一日にモンゴルから持ち帰った遺骨の引渡しと、遺骨収集団の解団の式である。

十時三十分開始を前に、清められた墓苑の境内の真ん中にはテントが張られ、正面左手には東京消防庁音楽隊のテントが張られている。ノモンハン事件の遺族またはその関係者席は、入ってすぐの左手建物の中の椅子席になっている。同じく右手は政府関係者及び収集団関係者の座席となっている。正面テントの中には白い布を張った長机が並べられている。その両脇には厚生労働大臣をはじめとする政治家や役人の花輪が並ぶ。

門の外に一台のバスが止まった。

団員の胸に抱かれた遺骨は右手政府関係者の控え室に入り、そこで政府関係者に渡される。と一斉に、音楽隊による奏楽が静寂を破る。「赤トンボ・もみじ・里の秋」と流れてくる演奏に胸がつまる。「ようこそ」「淋しかったでしょう」「ご苦労さんでした」と、それぞれの遺族やその関係者の思いが伝わってくる。

子どもの頃聞き慣れた懐かしい音楽の流れる中を、七個の遺骨箱は一つ二つと、中央の長机の上に並べられる。七個の遺骨箱が並ぶ。

モンゴル（ノモンハン事件）戦没者遺骨引渡式及び解団式次第

遺骨引渡式

一　開式（司会）

二　遺骨引き渡し
三　遺骨仮安置
四　黙禱
五　献花（参議院議員・水落敏栄殿等）
六　遺族等参列者の拝礼・献花
七　遺骨捧持
八　閉式（司会）

全員黙禱の後、参議院議員水落敏栄氏に次いで政府関係者がつぎつぎと献花をする。次いで遺族と、その関係者一人一人の献花となる。やがて机上は菊の花で覆われる。

その後、遺骨は政府関係者によって一応持ち帰られるが、やがて、墓苑の奥にある戦没者遺骨の安置される地下墓地に埋葬され、遺骨は永久の眠りに就く。

六十六年ぶりに故郷に帰ってきた兵士の帰国であった。音楽隊の演奏を耳にし、私は涙が止まらなかった。兵士は丁重に迎えられたのに、なぜか虚しくてならなかった。

解団式

一　開式（司会）
二　帰還報告
三　挨拶（参議院議員・水落敏栄殿）
四　挨拶（荒井厚生労働省大臣官房審議官）
五　解団のことば
六　閉式（司会）

平成十八年度（第三回）モンゴル（ノモンハン事件）戦没者遺骨収集は終わった。黒く日焼けした団員の顔には、疲れと安堵が浮かび上がっていた。

未来への教訓

わが国は、一九四五（昭和二十）年に太平洋戦争の終戦を迎えた。その後、昭和三十四年から本土周辺の沖縄、硫黄島、東南アジアのマレーシア、ベトナム、インドネシア、ビルマ（現・ミャンマー）、タイ、南アジアのインド、ニューギニア、ソロモン諸島、ビスマルク諸島等、中部太平洋の島々に至る広範囲で遺骨収集を行なってきた。その範囲は、旧満州やそれ以外の中国に至るまで及んでいる。遺族による現地慰霊の写真もなんどか目にした。千鳥ヶ淵戦没者墓苑納骨一覧表によると、戦没者は二百万を越えると推定されている。その一覧表には、ノモンハン事件の戦没者収集遺骨者数が平成十六年から記録されている。ノモンハン事件終決後、半世紀以上経っての遺骨収集である。

ノモンハン事件そのものも曖昧模糊とした戦争であったが、遺骨までもそのままにされていたのである。そのこと以上に、

「何のための戦争であったのか」

「どのような事件であったのか」

「どのような戦いであったのか」

を、国民の多くは知ることもなく、すべては歴史の流れの中に埋没し、やがて忘れ去られていた。赤紙一つで死地に赴き死んで行った若者たちの死が犬死にとなってしまうことは、より以上に許せないことである。

一年前ノモンハンの草原に立った私は、「ここに事件があったことは忘れられてしまうだろう」その思いをいっそう強くした。地理的条件が驚くほど悪い

上に、何一つとして戦争の痕跡を目にすることはできなかったのである。すべては草原に覆いかくされ、何事もなかった自然の姿となっていくのであろうと茫然とした。

若者たちの死は、国に大きな反省を促す程の価値があったはずである。その教訓が生かされる事なく日本は太平洋戦争に突入し、戦死者だけでも二百万とも言われる若い命を奪っている。「あれもこれもすべてが歴史の流れに飲み込まれて行くのか」と、やり切れない焦燥感が拭えなかった。

しかしノモンハン事件は忘れられていなかった。戦場の光景を、戦死した戦友を忘れることのできない元戦友や遺族によって、慰霊が続けられていたのである。

兵士は遺骨となって日本へ帰還した。丁重な慰霊も行なわれた。このことはある意味で一歩の前進であり、一種の安堵も生ずる。やがて慰霊柱の建立や現地獄霊も実現するかもしれない。しかし、このようなことが二十一世紀にはあってはならない。若い兵士が命に代えて教えてくれたこと、それは『平和』の大切さ、平和への希求である。それは、「戦争放棄」「憲法九条の維持」ではなかろうか。戦争の時代を生き抜いてきた者にとって、戦争は罪悪であると身を持って感じている。将来子や孫を再び戦場に送り出す世の中にしてはならない、誰もがそのように思っている。

しかし叫び続けるだけで事は解決できるのであろうか。日本だけが平和、戦争放棄の姿勢を堅持したとしても、はたして国の平和は守れるのであろうか。安全運転をしていても相手の不注意で事故に遭う。ときには死に至ることもある。

新聞によると、インドが北京、上海を射程にしたミサイル実験に成功したとあった。中国がインド全土に届く長距離ミサイルを持つことへの対応であるという。核戦争の恐ろしさを日本人は知っている。近隣国北朝鮮の核保有は日本にとって恐怖である。スイッチ一つで国に多大な危害を与え、壊滅さえ可能な時代である。

「憲法九条を世界文化遺産に」の精神には賛同である。しかし現実的にみると、アメリカを含む六ヵ国協議ですら同じ土俵に上がれない現状がある。「戦争は反対である」「改憲反対」でありながら、世界の中の日本の安全はどのようにして守れるのかと、思い悩む問題である。

しかし地球上、唯一の核の洗礼を受け、核戦争の恐ろしさを知っている我々日本人は、命ある限り戦争放棄を叫び続け、その声を世界中に広げていく努力を放棄してはならない。一つ一つの国の、一人一人の国民の願いがやがて「うねり」となって、国々で生まれた「小さなうねり」はやがて「大きなうねり」となり、戦争のない地球へと向かっていく。

それは何十年何百年、何千年の年月を要するか、また理想で終わるかもしれないが、その努力を放棄してはならない。

今年（二〇〇七年）、「モンゴルにおける日本年」と題し、日本とモンゴルとの三十五年間にわたる交流を祝したイベントが、モンゴル政府によって執り行なわれるという。かつての戦争相手国でである。モンゴル政府の取り組みは信頼のあらわれではなかろうか。尊重し、誠意を持って付き合う努力が平和への足掛かりとなるのではなかろうか。

あとがき

「ノモンハン事件戦没者の遺骨収集が現在行なわれている」ということを島田氏の手紙で知った私は、さっそく島田氏に面談を申し入れた。

場所の違いはあるが、一昨年夏モンゴルの草原を目にしている私には、あの果てしなく広がる緑の海原《うなばら》で、遺骨の所在を確認し収集しているということが信じられなかった。

約束の時間に、池袋の喫茶店で島田氏にお会いした。国の事業として収集が進められていること、事前調査もふくめ昨年は三度目の収集に参加し、今年もやがて出発するという。島田氏の持参された紙袋は、現地の様子を収めた写真帳でふくれ上がっていた。

島田氏は、堰を切ったように現地の状況や収集の現状を語りはじめた。一枚一枚とめくる写真帳は、いまだかつて見たことのない世界であった。私の問いに、島田氏は昨日のことのように感慨をこめて話される。事件終結後六十六年も経っているというのに、一片の遺骨を手にしても「この骨は叔父ではないだろうか」と一瞬思うと言う。そして夫や父、兄弟をノモンハンで亡くした遺族の気持ちを思ったと言う。収集に参加するたびに、この思いは深まっていったと言う。

出版を思い立ったのは、この時である。「ノモンハンは忘れられてはいない！」、このことを一人でも多くの遺族の方達に知らせてあげたい。事件終結後六十七年も経っているが、国による遺骨収集が行なわれていること、亡き人たちはほんの一部ではあるが丁重に扱われていることを知らせてあげたい。そうすれば、遺族の方達の心が少しは休まるのではなかろうか。この思いは、子を持つ親でもある私の切なる気持ちであった。

その場で島田氏に、遺骨収集についての取材と写真の提供をお願いした。

島田氏は取材に応じてくれたが、一枚の写真の公開に躊躇された。それは五体揃って並べられた遺骨の写真である。「遺骨とは言え人間である。人間の尊厳は侵してはならない」島田氏の一貫した主張であった。そしてこのことは、最後まで了解を得られなかったのである。

「小山さんもかなりしつっこいですね」と言われながらも、私は次のことを主張した。

「文章を読んでの理解は、人それぞれによって違う。そういった意味からも、『あの荒原の中で遺骨を収集し、遺骨を揃える』その様子は文章を読んだだけでは想像が難しい。人の形に整えられた遺骨は、確かにはっとさせられるし、不思議に人としての尊厳を感ずる。人の心に問いかける写真であるだけに、この写真はぜひ多くの方々に見てもらいたい」

と、私は視覚による理解の深さを強調した。

そして私は、多くの人に戦争の酷《むご》さを知ってもらうために、「ぜひ写真を使わせて欲しい、興味本位でページを捲《めく》る人はいないはず」と繰り返しお願いした。

こうしたやり取りの中で写真は掲載したのであるが、島田氏はいまだに不本意である。しかし、「遺骨の尊厳を踏《ふ》み躙《にじ》る人はいない」と、私は心からそう信じている。遠いモンゴルの地に眠る、名も無き兵士の冥福を祈りながら、筆を擱《お》く。

二〇〇七年八月六日

小山矩子

【参考文献】

『現代史資料10　日中戦争3』（角田順解説、みすず書房、一九六四）
『「坂の上の雲」に隠された歴史の真実　明治と昭和の虚像と実像』（福井雄三、主婦の友インフォス情報社、二〇〇四）
『昭和戦争文学全集1　戦火満州に挙がる』（昭和戦争文学全集編集委員会編、集英社、一九六四）
『静かなノモンハン』（伊藤桂一、講談社、一九八三）
『戦史叢書　關東軍〈1〉―対ソ戦備・ノモンハン事件―』（防衛庁防衛研修所戦史室、朝雲新聞社、一九六九）
『日本の歴史24　ファシズムへの道』（大内力、中公文庫、一九七四）
『ノモンハン』（辻政信、原書房、一九七五）
『ノモンハン①　ハルハ河畔の小競り合い』（アルヴィン・D・クックス、岩崎俊夫訳、秦郁彦監修、朝日文庫、一九九四）
『ノモンハン②　剣をふるって進め』（アルヴィン・D・クックス、岩崎俊夫訳、秦郁彦監修、朝日文庫、一九九四）

『ノモンハン③　第二十三師団の壊滅』（アルヴィン・D・クックス、岩崎俊夫・吉本晋一郎訳、秦郁彦監修、朝日文庫、一九九四）
『ノモンハン④　教訓は生きなかった』（アルヴィン・D・クックス、岩崎俊夫・吉本晋一郎訳、秦郁彦監修、朝日文庫、一九九四）
『ノモンハン戦　人間の記録　壊滅編』（御田重宝、現代史出版会、一九七七）
『ノモンハン戦場日記』（ノモンハン会編、新人物往来社、一九九四）
『ノモンハン隠された「戦争」』（鎌倉英也、日本放送出版協会、二〇〇一）
『ノモンハンの戦い』（シーシキン他、田中克彦編訳、岩波現代文庫、二〇〇六）
『ノモンハンの夏』（半藤一利、文藝春秋、一九九八）
『ノモンハンへの道　モンゴル横断一千キロ』（旭照愿、日本図書刊行会、一九九七）
『遥かなるノモンハン』（星亮一、光人社、二〇〇四）
『瑠璃の翼』（山之口洋、文藝春秋、二〇〇四）

著者プロフィール

小山 矩子（こやま のりこ）

1930年、大分県杵築市八坂に生まれる
大分大学大分師範学校卒業
東京都公立小学校教諭・同校長として40年教職を務める
その間、全国女性校長会副会長として女性の地位向上に努める
退職後、東京都足立区立郷土博物館に勤務。足立区の東淵江・綾瀬・花畑・淵江・伊興を調査し「風土記」を執筆する。この作業を通じて歴史的な事物に興味を持つ
主な著書に、『足尾銅山―小滝の里の物語―』『サリーが家にやってきた―愛犬に振り回されて年忘れ』『ぼくらふるさと探検隊』『ほくろ―嵐に立ち向かった男』『川向こうのひみつ　ばあちゃん、お話聞かせて（1）』『照美ちゃんかわいそう　ばあちゃん、お話聞かせて（2）』『魔法使いの帽子とマント　ばあちゃん、お話聞かせて（3）』『ノモンハンの七月――あれから六十六年』『日本人の底力　陸軍大将・柴五郎の生涯から』（いずれも文芸社刊）がある
東京都在住

ノモンハンは忘れられていなかった 六十七年後の今

2007年10月15日　初版第1刷発行

著　者　小山 矩子
発行者　瓜谷 綱延
発行所　株式会社文芸社
〒160-0022　東京都新宿区新宿1－10－1
電話　03-5369-3060（編集）
03-5369-2299（販売）

印刷所　株式会社フクイン

ISBN978-4-286-03685-4